JN034285

神島達郎著

百千度(ももちたび)く理(り)かへしても読毎(よむごと)にこと新(あらた)なり古之典(いにしへのふみ)

山田孝雄と谷崎潤一郎

在りし日の山田孝雄先生

谷崎潤一郎氏

目次

第一章　谷崎源氏

第二章　山田文法

第一章　谷崎源氏

一　校閲そして助言

谷崎は、昭和十年（一九三五）五月二十六日、中央公論社の出版部長の雨宮庸蔵と一緒に、仙台の山田孝雄（よしお）の家を訪れて、校閲の任を引き受けてもらったことに対して感謝した。孝雄は、丁重に二人をもてなした。その時、孝雄は、「源氏の構想の中には、それをそのまま現代に移すのは穏当でない三ケ条の事柄がある。その一つは、臣下たる者が皇后と密通していること、他の一つは、皇后と臣下との密通に依って生まれた子が天皇の位についていること、そしてもう一つは、臣下たる者が太上天皇に準ずる地位に登っていること、これらである。しかしこの三ケ条は、源氏物語の筋の根幹を成すものではなく、そのことごとくを抹殺し去っても、全体の物語の発展には殆んど影響がないと云ってもよいのであるから、源氏を訳するにあたってはこの三ケ条に関する事柄は必ず削除すべきである。私が貴下を御助力するについては、予めこのことを含んでおいていただきたい。」と、粛然と襟を正して谷崎に言い渡した。谷崎は、孝雄のこの注意がなくとも、むずかしい時代になっているからには、これらのことは覚悟していた（〈削レリ〉のこと。）。

また、「文法上の疑義や字句の解釈についての校閲をお願いしたいのであって、訳の文章表現については加筆してほしくない。」と申し出たところ、孝雄は、「もちろんです。これは『昭和源氏』『谷崎源氏』ともいうべきもので、源氏物語の講義でないばかりか、単なる口語訳でもない。現代の小説の姿として源氏物語を再生することだと理解している。その意味でお引き受けする。」と、言葉を返した。

雨宮は、これらの孝雄の言葉に対して、「よく学者としての限界をわきまえ、また立場を守り文章芸術のきびしさを知るのみでなく、『谷崎源氏』『昭和源氏』

と規定したその見識には狂いもなければスキもなかった。」と、孝雄の洞察力に敬服するばかりであった。

谷崎は、同年九月から、いよいよ源氏物語の口語訳に取り掛かった。孝雄の校閲稿は、どの巻も朱筆が多く入れられていた。雨宮は、後年、又、振り返って、

その訳は逐語訳でもなく、といって原文を抜き差ししたものでもなく、むしろ原文の緩急までも味わい

末摘花　三二

とをお続け申し上げますと、宮の御殿では、女房たちが寄り集つて、感心しながら拝見するのでした。

逢はぬ夜をへだつる中の衣手に
かさねていとゞ見もし見よとや

白い紙にお書き捨てになつてありますのが、なか〳〵風情ありげなのです。晦日の日の夕がたに、かの御衣筥に、君のお召料として人から献上した御衣一揃ひ、葡萄染の織物の御衣、又山吹の御衣やら何やらいろ〳〵取り添へて、命婦が持つて伺ふのでした。此のあひだ姫君から贈つた色合を、悪いと[illegible]てのことであらうとは、想像がつくのですけれども、「あれにしたつて紅の色がしつとりしてゐて、落ちつきがあつたのですもの、まさか見劣りするものですか」と、老女房たちはひとりぎめにしてゐます。「お歌にしても、此方から差上げたのは筋が通つてゐて、しつかりしたお出来栄えでした。御返歌の方はたゞ詞の面白さだけのことで」などゝ、口々に云ひます。姫君も、あれは一方ならぬ苦心の末におよみになつた歌なのですから、物に書き留めて置かれたのでした。

元日の儀式も過ぎますと、今年は男踏歌がある筈なので、例のやうに彼方此方でお稽古が始まり、騒がしい日がつゞくのですけれども、淋しい御殿のあはれなさまがお思ひやられますので、七日の節会が果てゝ、夜に入つて御前を退り出で給ふと、おん宿直所にそのまゝお泊りなされるやうな[illegible]

[illegible]き立つてゐるのでした。姫君も、幾分か愛嬌が[illegible]たやうな風でした。年の改まると共に、すつかり見違へるやうになつてゐてくれたらどうであらう、などゝお思ひつゞけになります。日が昇る時分に、[illegible]なさりながらお立ちになります。東の妻戸が押し開けてありますので、向うの廊の、屋根もなくなつて毀れてゐますのに、日脚が間もなくさして来て、少し積つてゐる雪に照り映えて、奥の方までよく見えになつてゐます。君がおん直衣をお召しになるのを見やりながら、すこし奥から出て、物に凭れながら横になつていらつしやる頭つき、髪のこぼれ出てゐる工合は、たいそう見事なのです。君は昨日に変る美しい姿が目に入りでもしたらとお思ひなされて、格子をお上げになるのでした。此のあひだで懲りていらつしやいますので、すつかりは上げておしまひにならずに、脇息を近寄せて、それに格子をもたせかけて、髪の毛筋のしどけなく乱れたのをおつくろひになつていらつしやいます。お話にならぬほど古ぼけた鏡台、唐櫛笥、掻上げの筥などを、女房達が取り出して来ました。さすがに男のお道具ながらちらほら交つてゐますのを、洒落れてゐて風流であると御覧になります。女君のおん装束が、今日は人なみに見えますのは、あのお蔵番の衣筥の心づくしを、そのまゝ召していらつしやるからなのでした。君はさうともお気づきにならず、面白い地紋がついてゐて直ぐに目に付く上着だけを、何だか覚えがあるやうなとお思ひになるのでした。「せめて今年はお声を少し聞かして下さい。待たれる鶯の初音は兎も角、おもてなしの改まつたところが見たいものです」

末摘花　三三

新潮日本文学アルバム『谷崎潤一郎』

得るような文章となっていた。その間における谷崎の凝り性と克明さ、山田孝雄の学者的親切さと厳しさ、そして両者に共通した慎重さには頭のさがるものがあった。仕事が始まってからも山田孝雄は何回か手紙を私に寄せられたが、如何にそれが大事業であるか、そして谷崎訳が従来公にせられたものには比すべくもない立派なものであることを伝えてきた。

と述懐している。

二　削レリつまり削除

さて、孝雄が示した削除の三ケ条に相当する箇所は、『若紫』の巻から始まっている。それをここに挙げてみたい。

○原文（日本古典文學大系本『源氏物語一』）

少納言に消息して、あひたり。くはしく、思しの給ふさま、おほかたの御有様など、かたる。
言葉おほかる人にて、つきづきしう言ひ続くれど、「いと、わりなき御程を、いかにおぼすにか」と、ゆゆしうなむ、たれもたれもおぼしける。御文にも、いとねむごろに書い給ひて、例の、中に、「かの、御放ち書なん、なほ見給へまほしき」とて、

あさか山浅くも人を思はぬになど山の井のかけ離るらん

御返し、

汲みそめてくやしと聞きし山の井の浅きながらや影を見すべき

惟光も、おなじことを、きこゆ。「この患ひ給ふ事、よろしくは、此のごろ過ぐして、京の殿に渡り給ひてなむ、きこえさすべき」と、あるを、心もとなうおぼす。

藤壺の宮、悩み給ふ事ありて、まかで給へり。うへの、おぼつかながり、嘆き聞え給ふ御気色も、いと、いとほしう見たてまつりながら、「かかる折だに」と、心もあくがれ惑ひて、いづくにもいづくにも、まうで給はず。内

裏にても里にても、昼は、つくづくとながめ暮して、暮るれば、王命婦をせめありき給ふ。いかが、たばかりけん、いとわりなくてみたてまつる程さへ、うつゝとは思えぬぞ、わびしきや。宮も「あさましかりし」を、思し出づるだに、世と共の御物思ひなるを、「さてだに、やみなん」と、深うおぼしたるに、いと心憂くて、いみじき御気色なるものから、なつかしうらうたげに、さりとて、うちとけず、心ふかう恥づかしげなる御もてなしなどの、なほ、人に似させ給はぬを、「などか、なのめなることだに、うち交り給はざりけん」と、つらうさへぞ、おぼさるゝ。何事をかは、きこえつくし給はん。くらぶの山に、やどりも取らまほしげなれど、あやにくなる短夜にて、あさましう、なかなかなり。

見てもまた逢ふ夜まれなる夢のうちにやがてまぎるゝわが身ともがなと、むせかへり給ふさまも、さすがにいみじければ、

世がたりに人やつたへんたぐひなくうき身をさめぬ夢になしても

おぼし乱れたるさまも、いと、ことわりにかたじけなし。命婦の君ぞ、御直

衣などは、かき集めもて来たる。殿におはして、なき寝に、臥しくらし給ひつ。御文なども、例の、「御覧じいれぬよし」のみあれば、常の事ながらも、つらういみじうおぼしほれて、内裏へも参らで、二日三日こもりおはすれば、「又、いかなるにか」と、御心動かせ給ふべかめるも、おそろしうのみ、おぼえ給ふ。宮も、「なほ、いと心うき身なりけり」と思し嘆くに、悩ましきもまさり給ひて、疾くまゐり給ふべき、御使しきれど、おぼしもたゝず。まことに、御心地、例のやうにもおはしまさぬは、「いかなるにか」と、人知れずおぼす事もありければ、心憂く、「いかならん」とのみ、おぼしみだる。あつき程は、いと起きも上り給はず。三月になり給へば、いとしるき程にて、人々見たてまつりとがむるも、あさましき御宿世のほど、心憂し。人は、思ひよらぬ事なれば、「この月まで、奏せさせ給はざりけること」と、驚き聞ゆ。我が御心ひとつには、しるうおぼし分く事もありけり。御湯殿などにも、親しう仕うまつりて、なに事の御気色をも、しるく見たてまつり知れる御乳母子の弁・命婦などぞ、「あやし」と思へど、かたみに、言ひ合はすべきにあ

源氏十八歳の三月から十月までである。

紫上…十歳ばかり

紫上の祖母…四十歳ばかり

藤壺…二十三歳

葵上…二十二歳

明石の娘…九歳

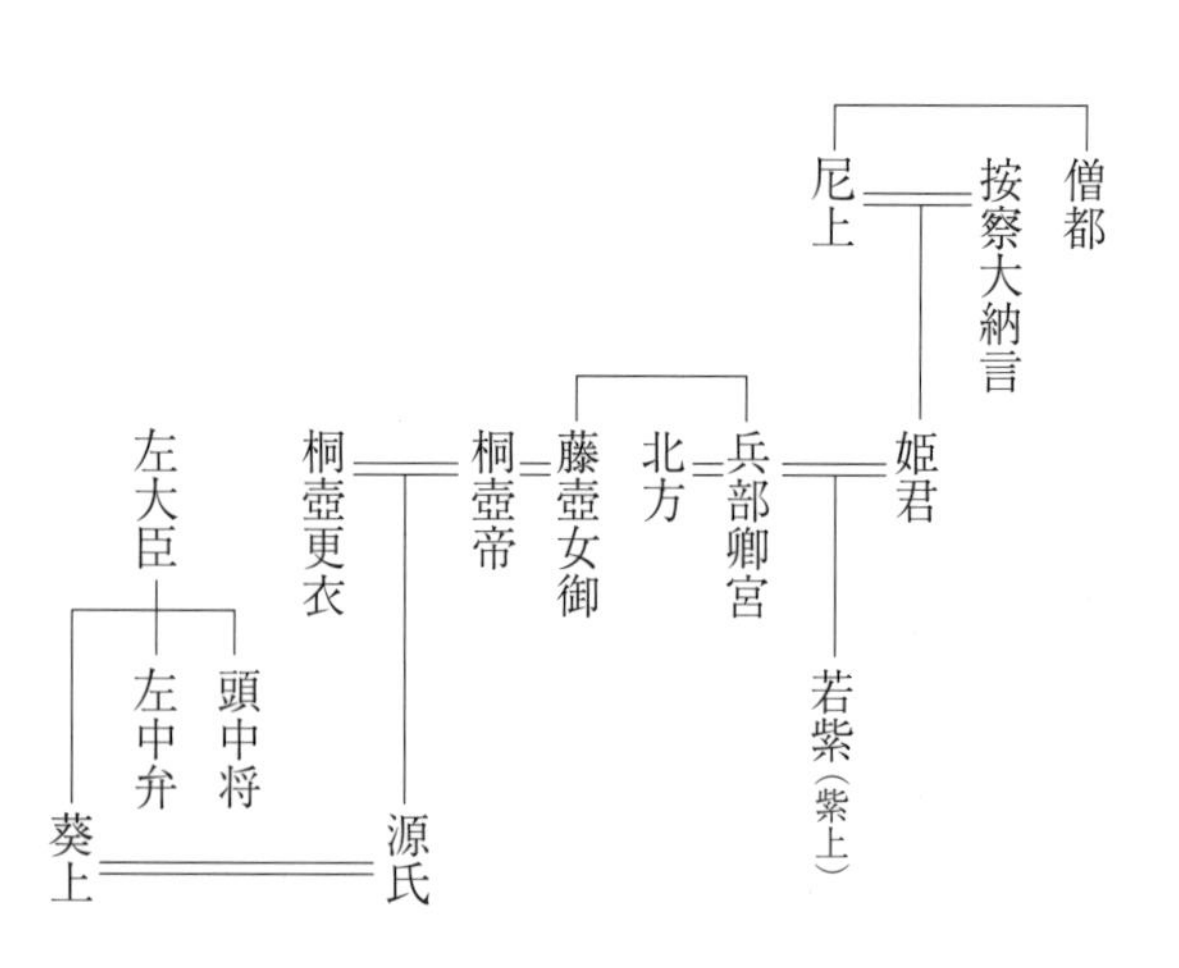

らねば、猶、のがれ難かりける御宿世をぞ、命婦は「あさまし」と思ふ。内裏には、御物の怪のまぎれにて、とみに、「気色なう、おはしましける」やうにぞ、奏しけむかし。皆人も、さのみ思ひけり。いとゞ、あはれにかぎりなう思されて、御使などひまなきも、空恐ろしう、物を思す事ひまなし。中将の君も、おどろおどろしう、さま異なる夢を見給ひて、合はするもの召して、とはせ給へば、およびなう、思しもかけぬすぢの事を、合はせけり。「その中に、違ひ目ありて、つゝしませ給ふべきことなむ侍る」といふに、わづらはしく思えて、「身づからの夢にはあらず、人の御ことを語るなり。此の夢合ふまで、又、人にまねぶな」と、の給ひて、心の中には、「いかなる事ならむ」と、おぼし渡るに、この女宮の御事聞き給ひて、「もし、さるやうもや」とおぼし合はせ給ふに、いとゞしく、いみじき言の葉を尽くし聞え給へど、命婦も、思ふに、いと、むくつけう、わづらはしさまさりて、更に、たばかるべきかたなし。はかなきひとくだりの御返りの、たまさかなりしも、たえはてにけり。七月になりてぞ、まゐり給ひける。めづらしうあはれにて、いとゞしき御思ひの程、かぎりなし。すこし、ふくらかになり給ひて、うち悩み、面やせ給へる、はた、げに似るものなくめでたし。れいの明け暮れ、こなたにのみおはしまして、御遊びも、やうやうをかしき空なれば、源氏の君も、暇なく召しまつはしつゝ、御琴・笛など、さまざまに仕うまつらせ給ふ。いみじう、つゝみ給へど、しのびがたき気色の漏り出づるをりをり、宮も、さすがなる事どもを、多くおぼしつゞけゝり。

かの山寺の人は、よろしうなりて、出で給ひにけり。京の御住みか尋ねて、時々御消息などあり。（若紫）

右の原文の『藤壺の宮、～多くおぼしつゞけゝり。』の長い文章が〈削レリ〉の箇所である。それはまさしく臣下たる源氏と皇后である藤壺の宮との密通の場面である。その箇所の口語訳を、次の二種類の口語訳で示してみよう。

○口語訳（『潤一郎譯源氏物語』巻二・昭和十四年版）

さて惟光はたよりを求めて少納言に会うて、君の思し召すことゞも、日頃のおん有様などを云って聞かせる。言葉数の多い人なので、尤もらしく云ひ廻しはするものゝ、あまりにもいたいけないお年頃でいらっしゃるのに、どうなさるお考なのであらうと、誰も誰も途方もないことのやうに思ふのだけれども、おん文の中にも、たいそう懇ろに、「その難波津の、たどたどしいお手習を見せて頂きたいのです」とお書きなされて、例の如く中の結び文に、

浅香山あさくも人を思はぬになど山の井のかけはなるらん

おん返し、

汲みそめて悔しと聞きし山の井の浅きながらや影を見すべき

惟光も帰って来て、同じやうな趣を聞え上げるのであったが、「此の御病気がお宜しくおなりになりましたら、今少しして京の御殿へお移りになりますから、その節申し上げませう」と云ふことなので、心もとなく思召される。〈削レリ〉でも、やがて夏も過ぎた時分に、病が癒えて京へ帰って来られたので、おんすみかを尋ね出されて、ときどきおん消息をお送りになる。

○削除〈削レリ〉の部分の口語訳（『潤一郎繹源氏物語』巻一　昭和三十四年新書版）

藤壺の宮がお患ひなされて、お里へお下りになりました。お上が気をお揉み遊ばしていらっしゃる御様子も、まことにおいたはしうお思ひになるのですが、せめてかう云ふ折にでもと、上の空にあくがれ惑うて、何処へも此処へもお出ましにならず、内裏でも御殿でも、昼はつくづくと物思ひに耽り給うて、日が暮れると王命婦を追ひ廻しつゝ、お責めになります。どのやうに計らったことなのか、たいそう無理な首尾をしてやうやうお逢ひになるのでしたが、その間でさへ現とは思へぬ苦しさです。宮も、浅ましかったいつぞやのことをお思ひ出しになるだけでも、生涯のおん物思ひの種なので、せめてはあれきりで止めにしようと、固く心におきめに

潤一郎と松子夫人

なっていらっしゃいましたのに、また此のやうになったことがたいそう情けなく、遣る瀬なさゝうな御様子をしていらっしゃるのですが、やさしく愛らしく、と云って打ち解けるでもなく、奥床しう恥かしさうにしていらっしゃるおん嗜みなどの、やはり似るものもなくていらっしゃいますのを、どうしてかうも欠点がおありにならないのであらうかと、君は却って恨めしいまでにお思ひになります。積るおん思ひの数々も、何として語り尽せませうぞ。闇部の山におん宿もなさりたさうなのですが、生憎の短夜で、なまなかお逢ひにならない方がましなくらゐなのでした。

見てもまた逢ふ夜まれなる夢のうちにやがてまぎるゝわが身ともがな

【源氏の歌。たまたまお目にかゝりましても、再びお逢ひする夜はなささうでございますゆゑ、今夜の夢の中に此のまゝ私は消えてしまひたうございます。】

と、涙に咽せ返り給ふ有様も、さすがにお可哀さうなので、

世がたりに人やつたへんたぐひなく憂き身をさめぬ夢になしても

【藤壺の歌。あなたは夢と云はれましたが、又とないほど辛い私の身を、たとひ永久にさめない夢にするにしましても、後の世の語り草に人が伝へはしな

いでせうか。】

思ひ乱れていらっしゃいます御様子も、まことにお道理で、畏れ多いのです。命婦の君が、おん直衣などを取り集めて持って参ります。君は御殿にお帰りになって、そのまゝ泣きながら寝てお暮しになるのでした。おん文などをお上げになっても、例の通り御覧にならないと云ふことなので、いつものことながら恨めしく、あまりものを思ひ惚れて、参内もなさらず、二三日引き籠っておいでになるのでしたが、お上が又どうしてゐるかとお案じ遊ばされる御様子なので、それもひたすら空恐ろしくお思ひになります。宮も、矢張心憂いわが身であったとお嘆きになりますので、御病気も一層お募りなされて、早く参内するやうにとの御使は頻りなのですけれども、その気にもおなりになりませぬ。まことに気分がいつものやうでないのはどう云ふ訳かとお考へになりますと、人知れず思ひ当り給ふこともありますので、情なくて、どうなることかとばかり胸をお痛めになるのです。暑い間はなほさら起き上りもなされませぬ。三月におなりになりますと、もうはっきりと分るやうになって、人々がお見かけ申しては訝りますので、おん宿世のあさましさは申し上げやうもないのです。人は思ひも寄らぬことですから、此の月になるまでどうして奏上なさらなかったのかと、不思議がります。御自分のお心一つには、それと確かにお分りになることもあるのでした。お湯殿などでもお側近くお世話申し上げて、どのやうな御様子でもはっきり存じ上げてゐるおん乳母子の弁、命婦などは、をかしいとは思ふのですけれども、互に口に出して云ふべき事柄ではありませぬので、矢張遁れられない御宿縁であったことに、命婦は呆れてゐるのでした。内裏へはおん物怪のために御懐妊の御様子も今迄分らなかったやうに、奏上したのでせう。誰も皆、さうとばかり思ってゐるのでした。お上がひとしほ限りなくいとしう思し召されて、御使などの絶え間がないのも空恐ろしく、物思ひをなさらぬ時の間もありませぬ。中将の君も、おどろおどろしい異様な夢を御覧なされて、夢判断をする者を召してお尋ねになりますと、飛んでもなく意外な筋のことを判じるのでした。「お夢の中に凶相も交ってをりまして、お慎み遊ばさねばならぬこともございます」と云ひますので、事面倒にお思ひなされて、「これは自分の夢ではない。外のお方のお夢の話をしたのだ。此の夢が事実になるまで誰にも云ってはならないぞ」と仰せになって、心の中では、どう云ふ事であらうと思ひつゞけていらっしゃいましたが、宮の懐妊のおん由をお聞きになって、もしや此のことではと思ひ合せ給ふと、またしてもお逢ひになりたく、一層言葉の限りを尽しておせがみになるのですけれども、命婦も考へて見ますのに、今はなほさら気味悪く、いよいよ事が込み入って来ましたので、首尾をして上げる方法もありませぬ。ほんの一行ほどの御返事が、たまさかにはあったのですが、それすら絶えてしまひました。宮は七月になってやうやう参内なされます。お久振のことなので、ひとしほ御寵愛も限りないのです。お腹が少しふっくらとおなりなされて、お元気がなく、面窶れしていらっしゃる風情が、これは又これで、まことに似るものもなくお美しいのです。例の通り一日ぢゅう此方にのみおいでなされて、そろそろ御遊の面白い季節ですから、源氏の君をもひっきりなしにお召し遊ばして、おん琴笛など、あれこれとおさせになります。一生懸命に押し包んではいらっしゃいますものゝ、堪へ難いお気持の外に洩れる折々は、宮もさすがに切ないことゞもの数々を思ひつゞけ給ふのでした。

この削除の場面は、十八歳の源氏が父桐壺帝の最晩年の正妻藤壺の宮（二十三歳・源氏にとっては継母）と情を交して子供までも孕ませてしまうという、親子でありながら親子の倫理観念を超えた激しい男女の交わりをしてしまう場面である。まさに孝雄の示した削除の三ヶ条に適合した場面であり、また昭和十年代の言論統制や出版禁止の過酷な時代に許容される場面でもないのである。

また、昭和十四年五月二十三日から『東京朝日新聞』に四回にわたって東北大学の岡崎義恵教授が「谷崎源氏論」を掲載、その論は「世界的古典の脊髄を切り落とした骨なし源氏」になってしまっているという極論であった。しかし、当然のことながら時代の流れを考えて孝雄も谷崎も沈黙を守った。雨宮庸蔵は二人のこの態度を「賢明であった」と評している。孝雄は、東北大学を去って六年にもなっていたが、同僚であった、いや若手であった岡崎が事もあろうにこんな極論をと思わなくもなかったが、胸中に納めた。谷崎は、後年このことについて岡崎から手紙をもらい、この極論が悪意あってのものではないと分かったと、『雪後庵夜話』に書いている。

三　削除の場面の小説化

さて、表現の自由な時代が到来した。円地文子は早速と源氏物語の口語訳を実施し、その成果を昭和四十七年から十巻として世に出した。いわゆる円地源氏の出現である。その上、更に『円地文子の源氏物語』（平成元年）という小説を著し、その中で、右の削除の場面を次のように表現している。

源氏の君は、こういう得がたい機会をはずしてはならないと、かねてお親しい王命婦という女房を呼び出しては、宮のおそばに伺うようにはからえとお責めになる。王命婦はもともと宮の御母后のゆかりの者で、王族の出なのでそういう名で呼ばれていた。宮のお身まわりのお世話をするのはこの人と、御乳母の子の弁の二人であった。

王命婦のはからいで、前にも一度は、無理な首尾をしてお会わせ申したことがあったけれども、そのときも宮はたいへんご不興で、もう二度とこんなことをしてはならないと固くお叱りになった。そうはいっても、お心の底では自分より年の若く、たぐいまれに美しい源氏の君を、憎く思っていらっしゃるわけではなかった。もし御所へ上がるようなことがなくて、この君と結ばれたら幸せであったろうとお思いにはなるものの、帝の優しいお心と深いご愛情を思うと、そのご愛子である源氏の君と今さら結ばれるようなことは、もったいなく空恐ろしいことだとお思いになるのであった。

この当時の貴婦人は、侍女とか乳母とかいう仲立ちがなければ、男が近よることはできなかった。藤壺の宮の場合は、もともと皇女ではあられるし、光源氏と並んで「輝く日の宮」と世の人もひとかたならず尊敬申しあげているご身分であったから、こうした情事をけしからぬこととお思いになるのは当然であった。

源氏の君も、あの幼い藤壺の宮の姪に当たる姫君を垣間見てから、自分のもとに引き取って、宮のような方に育てようと願ってはいられたけれど、なにぶん幼い童女のことで、固い蕾としか思われない。もし引き取って、思うように教え育てたら、おそらく藤壺の宮によく似た申し分のない女君に成長されるだろうとは想像されるが、その生い先を推し量ると同時に、宮への思慕の情は日一日とまさってゆくのであった。御父帝の、宮を大切になさるのを見れば見るほど、当然だと思いながら、いっぽうではその当然なことを無理にも自分のほうへ引き向けたい情熱が募ってくるのである。

ある夜、王命婦をおどしたりすかしたりなさった果てに、命婦も是非ないこととあきらめたらしく、宮にはご相談もせず、おやすみになっている御帳台の内へ君をお連れして、自分はそっとその外へ控えていた。

君はすやすや寝入っていらっしゃる宮のごようすを、うっとりしばらく眺めていらっしゃったが、白の単の絹を一つだけまとって横たわっていらっしゃる宮の御寝顔の美しさ、黒い睫毛におおわれた瞼や、ふくよかな御頬の照り輝き方、唇はまるで桜のほころびかけたようで、思わず御うなじをそっと抱いてしまった。みごとな黒髪が御髪箱の中から宮の上身が抱きかかえられるにつれてするすると上がってきて、それといっしょに何の香であろうか、えもいわれぬ香りが源氏の君の香と薫り合って、ほの暗い帳台の中は、それ自身が大きな花の匂いに包まれているようであった。

宮は、夢うつつのうちに、自分と源氏の君とが一つになったような錯覚に埋もれて、軽く抗うようにお顔をゆすられたが、それがほんとうの抵抗でないことは、ご自身にも相手にもよくわかっていた。こんな場合、多くの女は取り乱すか頑なに拒むかが普通であるが、宮には少しも乱れたところもなく、さればといって、君に抱かれることを厭っていられるのでもなく、まことに素直なうちに端麗な気品を持っておいでになる。

体と体が近よれば近よるほど、もつれ合えばもつれ合うほど、藤壺の宮の底知れず深くやわらかく、優しい女の芯は、源氏の君にとって世にたぐいないものとして、恍惚のあいだにも耽美されるのであった。

見てもまた逢ふ夜まれなる夢のうちにやがて紛るるわが身ともがな

【また二度と逢うことはむずかしいはかないこの夢の中に、このまま

私は消え失せてしまいたい】

とこしえに夜の明けないという暗部の山（鞍馬山の古名）に宿りたいとお思いになるが、あいにくに短い夏の夜ははや白々と明けそめてきた。御帳台の外にいる命婦は、人々が起き出はせぬかと気が気ではなく、源氏の君の脱ぎ捨てられた直衣や指貫などを一まとめにして、「早く早く」とお急がせする。君もいつまで名残をおしんではいらっしゃれないので、宮の召し物などつくろってあげて、人形でも寝かすようにお褥の上に横たえてから、ご自分も衣類を整えて外へでられた。御几帳の帷にかかっている薄衣がお顔にかかるのを、君は宮の御肌えがするするとすべり落ちそうにやわらかだったのを思い出して涙ぐまれた。

お邸にお帰りになっても、この日は御所へも出仕なさらないで、閉じこもってお過ごしになった。宮との逢瀬の短く、しかもくらべようもないほど情緒のこまやかであったことをお思いになると、また会うことのなかなかありそうもないのを思って、こぼれ落ちるのは涙ばかりであった。二、三日は、御所へも参内されず、引きこもってお過ごしになった。

藤壺の宮の御妊娠のことが公に奏上されたのは、夏になったころであった。御物の怪のたたりでごようすがはっきりしなかったのだと帝に申しあげ、誰一人それを疑う者はなかった。

源氏の君は、ことさらお心にかかることもあるので、陰陽師を召して夢占いをなさった。占い師が及びもつかぬ恐ろしいことを申しあげた。天子の父になるという卦が出たので、君も穏やかならぬこととおぼしめして、「これは自分の夢ではない。人の夢を占わせたのだから、決して他言せぬように」と固くお戒めになった。

御文をいくらさしあげても、宮は目にもおふれにならぬらしく、いたずらに持ち帰られてきた。宮のお心にも、源氏の君を恋しくお思いになるのといっしょに、あれほど慈しんでくださる帝に対して、恐ろしい罪を犯してしまったと悔いるお気持ちが、荒い波のようにうねり狂っていた。

七月になって、御所へ参内なさったが、少し面やつれして身重くなっていらっしゃるごようすが、またたぐいなく雅やかに悩ましげにお見えになる。帝は、そのごようすをことにいとおしくおぼしめされて、ご寵愛はまさるばかりであった。

四　藤壺の宮と源氏との件は全面的に削除

以上の箇所はもちろんのこと、以後藤壺の宮と源氏との件はほとんど割愛されている。その主なものを見てみよう。

『紅葉賀』の巻から、

○藤壺の宮と源氏との和歌贈答等。

○藤壺の宮は中宮となり、源氏との間に生まれた不義の子が東宮となるなど。

『賢木』の巻から、

○二人の再会と和歌贈答。

○藤壺の宮の出家決意等。

『須磨』の巻から、
○藤壺の宮への挨拶。
○藤壺の宮を偲ぶなど。
『澪標』の巻から、
○源氏復権。
○朱雀帝のこと。
『薄雲』の巻から、
○藤壺の宮の病気・源氏との最後の対面。
○冷泉帝、僧都帝の出生の秘事を語る。
○冷泉帝、譲位を考える。源氏、そのことを戒めるなど。
『朝顔』の巻から、
○源氏、藤壺の宮の夢を見、その供養を行うなど。

五　谷崎も藤壺の宮に注目

谷崎は、新しい時代になるや、削除のない源氏物語の完全な口語訳を世に出すことをいち早く決意した。当局から藤壺の宮と源氏との情交の場面を一切削除しなければ出版を許可しないと厳しく言われたことが谷崎の頭から去ることがなかった。新訳の出版の前であったが、谷崎はその思い出を鎮めたく思ったのだろうか、『賢木』の巻に見られる二人の再会の場面を試訳して、昭和二十四年十月『中央公論』文芸特集・第一号に、掲載したその一部をここに紹介してみたい。

○原文（日本古典文學大系本『源氏物語一』）

内に参り給はん事は、「うひうひしく、ところせく」思しなりて、春宮を見たてまつり給はぬを、おぼつかなく、思ほえ給ふ。「又、たのもしき人も、ものし給はねば、たゞ、この大将の君をぞ、よろづに頼み聞え給へるに、なほ、このにくき御心の止まぬに、ともすれば、御胸をつぶし給ひつゝ、いさゝかも、気色を御覧じ知らずなりにしを思ふだに、いと恐ろしきに、今更に、又、さる事の聞えありて、わが身はさるものにて、春宮の御ために、かならずよからぬ事出で来なん」と思すに、いと、恐ろしければ、御祈りをさへ、せさせて、「この事、思ひ止ませたてまつらむ」と、おぼし至らぬ事なく、のがれ給ふを、いかなる折にかありけむ、あさましうて、ちかづき参り給へり。心深くたばかり給ひけむ事を、知る人なかりければ、夢のやうにぞ、有りける。まねぶべきやうもなく、聞え続け給へど、宮、いと、こよなく、もてはなれ聞え給ひて、はてはては、御胸をいたう悩み給へば、近う侍ひつる命婦・弁などぞ、あさましう、見たてまつりあつかふ。をとこは、「うし、つらし」と、思ひ聞え給ふ事、限りなきに、来し方行く先、かきくらす心地して、現心失せにければ、明けはてにけれど、いで給はずなりぬ。御悩みに驚きて、人々ちかう参りて、繁うまがへば、われにもあらで、塗籠に押し入れられておはす。

御衣ども、隠しもたる人の心地ども、いと、むつかし。宮は、物を、「いと、わびし」と思しけるに、御気あがりて、なほ悩ましう、せさせ給ふ。兵部卿宮・大夫などまゐりて、「僧召せ」など騒ぐを、大将、いとわびしう聞きおはす。からうじて、暮れ行く程にぞ、おこたり給へる。

「かく籠り居給ひつらん」とは、おぼしもかけず、人も、又、「御心まではさじ」とて、「かくなむ」とも、申さぬなるべし。昼の御座に、ゐざり出で、おはします。「よろしう思さるゝなめり」とて、宮も、まかで給ひなどして、御前、人ずくなになりぬ。例も、け近くならさせ給ふ人、すくなければ、こゝかしこの、物の後などにぞ、侍ふ。命婦などは、

「いかにたばかりて、いだしたてまつらん。今宵さへ、御気あがらせ給はん、いとほしう」など、うちさゝめきあつかふ。君は、塗籠の戸の、細目に開きたるを、やをら押し開けて、御屏風のはざまに伝ひ、入り給ひぬ。めづらしく嬉しきにも、涙は落ちて見たてまつり給ふ。

「なほ、いと苦しうこそあれ。世や尽きぬらん」とて、外の方を見出し給

へるかたはら目、いひ知らず、なまめかしう見ゆ。

「御くだ物をだに」とて、まゐりすゐたり。箱の蓋などにも、懐しきさまにてあれど、み入れ給はず、世の中を、いたう、おぼし悩める気色にて、のどかに、ながめ入り給へる、いみじう、らうたげなり。かんざし・頭つき・御髪のかゝりたるさま、限りなき、匂はしさなど、たゞ、かの対の姫君に違ふ所なし。年頃、すこし思ひ忘れ給へりつるを、「あさましきまで、おぼえ給へるかな」と見給ふまゝに、すこし、物思ひの、はるけどころある心地し給ふ。けだかう、恥づかしげなるさまなども、更にこと人とも、思ひわきがたきを、猶、限りなく、昔より思ひしめ聞えてし心の思ひなしにや、「さまことに、いみじうねびまさり給ひにけるかな」と類なくおぼえ給ふに、心まどひして、やをら、御帳の内にかゝづらひ入りて、御衣のつまを、ひき鳴らし給ふ。けはひ、しるく、さと匂ひたるに、あさましう、むくつけう思されて、やがて、ひれ伏し給へり。「見だに向き給へかし」と、心やましう、つらうて、ひき寄せ給へるに、御衣をすべし置きて、ゐざりのき給ふに、心にもあらず、御髪の、とり添へられたりければ、いと、心憂く、宿世の程おぼし知られて、「いみじ」と、思したり。男も、こゝら、世をもてしづめ給ふ御心、みな乱れて、うつしざまにもあらず、よろづの事を、泣く泣くうらみ聞え給へど、「まことに心づきなし」と思して、いらへも聞え給はず。

たゞ、「心地の、いと悩ましきを。かゝらぬ折もあらば、聞えてん」と、の給へど、つきせぬ御心地の程を言ひつゞけ給ふ。さすがに、「いみじ」と聞き給ふ節もまじるらん。あらざりし事にはあらねど、あらためて、いと口惜しう思さるれば、なつかしき物から、いと、ようの給ひ逃れて、今宵も明け行く。せめて従ひ聞えざらんも、かたじけなく、心はづかしき御けはひなれば、「たゞ、かばかりにても、時々、いみじき憂へをだに、晴け侍りぬべくは、なにのおほけなき心も、侍らじ」など、たゆめ聞え給ふべし。なのめなる事だに、かやうなる中らひは、あはれなる事も添ふなるを、ましてたぐひなげなり。明けはつれば、ふたりして、いみじき事どもを聞え、宮は、なきやうなる御気色の、心苦しければ、「世の中に、ありと聞し召さむも、いと、恥づかしければ、やがて、失せ侍りなんも、又、この世ならぬ罪と、なり侍りぬべき事」など、聞え給ふも、むくつけきまで、おぼし入れり。

「逢ふ事の難きを今日にかぎらずばいま幾世をかなげきつゝ経ん御ほだしにもこそ」と、きこえ給へば、さすがに、うち嘆き給ひて、

長き世のうらみを人に残してもかつは心をあだと知らなむ

はかなく、いひなさせ給へるさまの、いふよしなき心地すれど、人のおぼさむ所も、わが御ためも苦しければ、我にもあらで、いで給ひぬ。（賢木）

○谷崎の訳

中宮は、内裏にお参りになることが今は何となく面映う、気づまりのやうにおなりなされて、自然久しく春宮とも御対面遊ばさないのを、心もとなく思召されるのであったが、外には格別頼もしい人もおありにならないところから、たゞ此の大将の君お一人を、何につけてもお力にしていらっしゃるのに、未だに君がいやらしいことをお考へになっていらっしゃるので、ともすればはっとなることがあ

源氏二十三歳の九月から二十五歳の夏までである。
藤壺…二十八歳—三十歳
紫上…十五歳—十七歳
夕霧…二歳—四歳
六条御息所…三十歳—三十二歳
斎宮…十四歳—十六歳

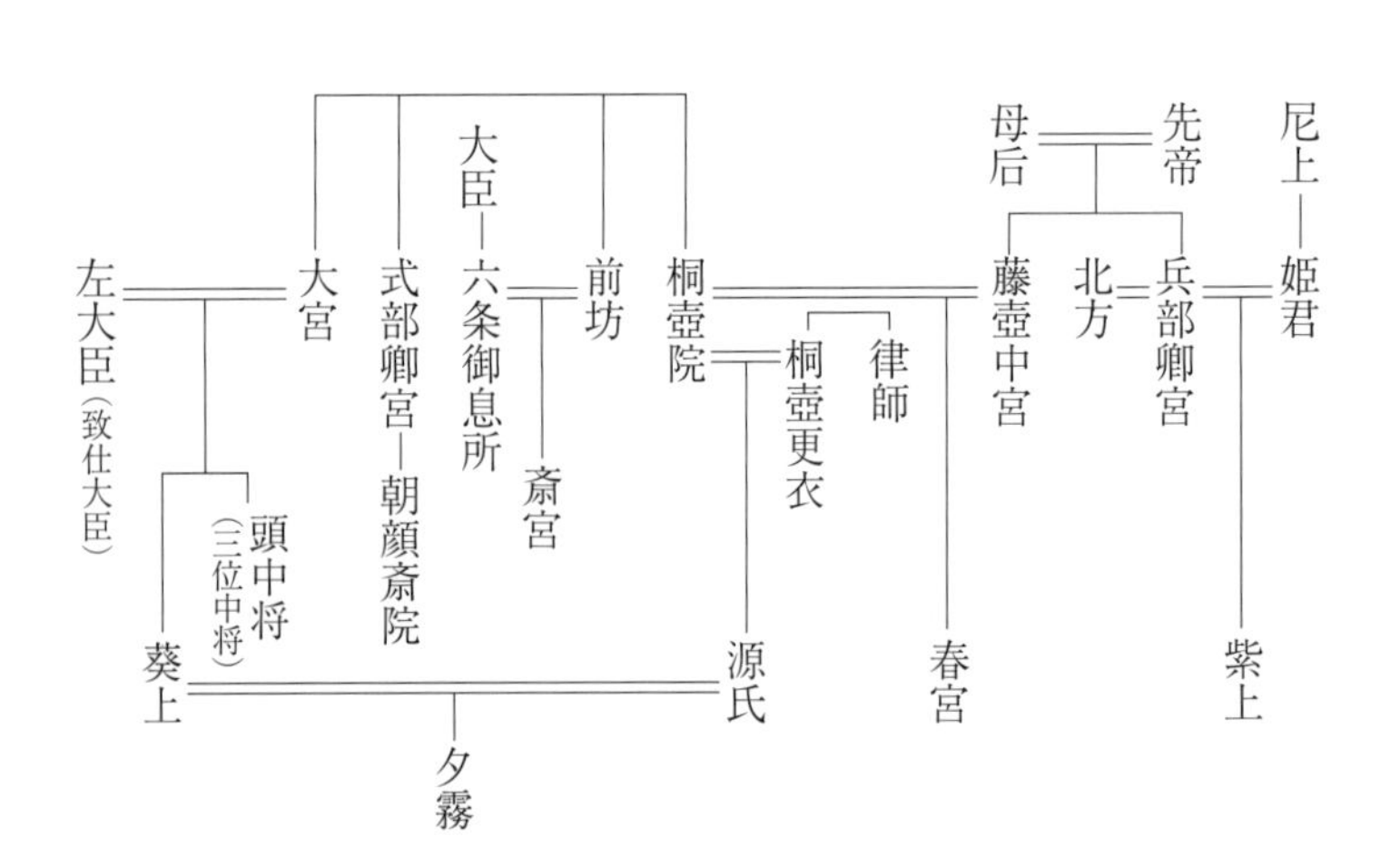

るのであった。でも、故院が少しもけぶりをお感づきにならないでおかくれ遊ばしたことを思ふと、それだけでも空恐ろしいのに、今になって又そんな風な噂が立つなら、自分の身はどうなってもよいとして、春宮のおためにも必ず宜しからぬことが起るであらうとお考へになると、ぞっとするやうにおなりなされて、御祈祷をさへおさせになり、何卒君が此のことをおあきらめになるやうにと、いろいろに手を尽してお外しになっていらっしゃったのを、どう云ふ折のことであったか、不意にお側へ近寄っていらしったのであるが、もとより前から思慮深く御計画になったのであるから、女房たちも誰あって気付かなかったので、中宮はたゞ夢のやうにお思ひになる。君はさまざまに、筆紙に写しやうもないほどお上手に掻き口説き給ふのであったが、宮はいよいよ強気にそっけなくおあしらひなされて、しまひにはひどく胸苦しうさへおなりなされたので、伺候してゐた命婦や弁などが当惑しながらも御介抱申し上げる。男は余りなお仕打と限りもなくお恨みになり、来し方行く末も真っ暗になった心地がなされて、現心も失せておしまひになったので、やがて夜が明けはなれたけれども、そこを出ようとも遊ばされない。宮がお苦しみになるのに驚いて、人々がしきりにお側近う出たり這入ったりする混雑の紛れに、誰かが君を塗籠（注、周囲を厚く壁で塗った土蔵のような一室で、物置や寝所に使ふ所）にお隠し申したので、君は我にもあらぬ思ひで押し込められておいでになったが、御衣などを眼につかぬやうにお預りしてゐる女房も、気が気でない。宮はお気苦労の余りに上気遊ばして、なほもお苦しさうにしていらっしゃるので、兵部卿宮や中宮の大夫などが馳せつけて、「僧を呼べ」などゝ騒いでゐるのを、大将は塗籠の中でお案じになりつゝ、お聞きになっていらっしゃったが、やうやう日の暮れ方にお楽になられた御様子であった。

そんな具合に君が隠れておいでになるとは、宮は思ひもかけ給はず、人々もまた御心配をおさせ申さないやうにと思って、これこれでございますとも申し上げないのであらう。間もなく昼の御座にゐざり出ていらっしゃったので、だんだんお気分もお宜しいのであらうと、兵部卿宮も御退出になったりして、御前が人ずくなになった。平素もおん身近く使ひ馴らしていらっしゃる女房たちは多くなく、そこらあたりの物蔭にひっそりと伺候してゐる習はしなのであるが、命婦の君などは、「どう云ふ手だてゞ君をお出し申さうかしら。今宵もまた上気なさったりしたらえらいことです」などゝ、こそこそさゝやいて当惑してゐる。君は塗籠の戸の細目にあいてゐるのを、そうっと押し開いて、御屏風の間に御這入りになったが、お久しぶりにお姿を拝み給ふにつけても、そゞろに嬉しく珍しくて、おん涙をお流しになる。宮は「あゝまた苦しうなって来ました。もう死にさうな気がします」と仰せになって、外の方を御覧になるお顔が、こちらからお眺めになると、云ひやうもなくなまめかしう見える。女房たちが「せめてお菓子をでも」と云って、箱の蓋に盛った物を持って来て参らせるのであったが、さもおいしさうに体裁よくしてあるのに、召上らうとも遊ばされない。たゞ世の中をたいさう煩はしう思ひ屈しておいでになる御気色で、じーっと物案じをしていらっしゃるおん有様のお可愛らしさ。髪の恰好、おつむりの形、おぐしの垂れかゝってゐる工合、此の上もない御器量のあでやかさなど、全くあの対の姫君にそっくりなので、年ごろいくらか此の宮のことをお忘れになっていらしったのに、あきれるばかりに似ていらっしゃることよと、今更のやうにお感じになるのであったが、それにつけてもあの姫君があるからには、少しは切ない恋心を晴らすよすがゞあるやうにお思ひになる。ほんに、品位がおありになって、近寄り難いやうな趣のあるところなど、さう云っても姫君そのまゝで、とても別人とは思へないくらゐなのであるが、でも昔から限りなくお心を寄せていらしった思ひなしであらうか、今ではやはり此の宮の方がずうっとお美しう完成されていらっしゃることよと、世にたぐひなくお感じになるまゝに、ついふらふらとお迷ひになって、やをら御帳台の内に伝うて御這入りになって、おん衣の褄をお捉へになると、けはひもしるくさっと薫物の香が匂ったので、宮はあさましくも恐ろしくお思ひなされて、そのまゝうつ俯しておしまひになった。せめて此方を見向いてなりと下さるやうにと、やるせなく情なくて、お引き寄せにならうとするのを、おん衣をするりとお脱ぎ捨てになって、ゐざりながらお逃げになったが、その拍子にお髪がおん衣にまつはり着いて男君の手に執られたので、何とも心憂く、宿世のほどがお思ひやられ給うて、おん悲しさは申すやうもない。男君もさまざまにこらへしづめていらしったお心がすっかり乱れて、我が身で我が身がお分りにならず、何や彼やと泣く泣く恨みごとを仰せられるのであるが、何と云ふいやらしいことをとお思ひなされて、おん答へ遊ばされず、「たいさう気分がすぐれないのでございます。こんなでもない折もございましたら、その時にして戴きませう」とばかり仰っしゃるのだけれども、君がお胸の中の尽きぬ思ひを訴へつゞけ給ふので、さすがに感動遊ばすふしぶしも交るであらう。が、過去には全然なかったことではないのだけれども、再びそれを繰り返すことは忌まはしいので、おなつかしうはお思ひになりながら、巧い工合に云ひのがれ給ふうちにも、夜が明けて行く。君もお言葉に背くことは勿体ないし、気高いおん有様をお拝みになってはうら恥かしうおなりなされて、「たゞもうこんな風にしましてゞも、時々お目に懸からせて戴きまして、胸の憂ひを晴らすことさへ出来ましたら、何の大それた料簡を起しませう」など、仰っしゃるのであるが、それも宮に御油断をおさせ申さうとなさるのであらう。かやうなおん間柄では、何でもないやうなことにつけてもなかなか哀れが付き添ふものであるのに、まして今宵のやうな折は尚更で、たとへやうもないのであった。

夜が明けたので、王命婦と弁とが早々お立ち去り下さるやうにときびしいことを申すのであったが、宮が半ばゝ死んだやうにしていらっしゃる御様子のおいとほしさに、「私などがまだ世の中に生きながらへてをりますことが、お耳に這入ったりいたしましたらお恥かしうございますので、これなり死んでしまはうかとも存ずるのでございますが、それもまた後の世の障りとなりますので」などゝ仰せられる御執心のおん凄まじさ。

「あふことのかたきをけふに限らずば今いく世をかなげきつゝ経ん

【お逢ひすることのむづかしさが今日に限らず後々までも続きますならば、私はあと幾返り生きて嘆き通すことになりませうか】

此のわたくしの恋心が、あなた様にもおん絆になるでございませう」と仰せられるので、さすがに御嘆息遊ばして、

長き世の恨みを人に残してもかつは心をあだと知らなん

【永久に尽きない恨みを私にお残しになっても、それは一つには御自分の浮気心だと知っていたゞきたいものです】

何でもないやうに云ひなし給ふおんけはひを、云ひやうもなくめでたくお感じになるのであるが、宮の思召すところもあり、御自分とてもお苦しいので、夢路を辿るお心持で御退出になる。

六　円地の小説そして谷崎の訳

それにしても円地の小説の濃艶な筆致には驚嘆せざるを得まい。十八歳の貴公子と五歳年上の皇女いや人妻との不倫行為をこんなにも若々しく優しく美しく描けるとは。

体と体が近よるほど、もつれ合えばもつれ合うほど、藤壺の宮の底知れず深くやわらかく、優しい女の芯は、源氏の君にとって世にたぐいないものとして、恍惚のあいだにも耽美されるのであった。

見てもまた逢ふ夜まれなる夢のうちにやがて紛るる身ともがな

円地は、源氏のこの歌を恍惚の甘くも激しい吐息と感得したに違いない。

次に谷崎の訳を味わってみたい。

源氏は、藤壺の宮に対する情念を冷ますことはできなかった。あれから五年後、『賢木』の巻では、桐壺院が亡くなられ、政治の権力は右大臣方に移った。東宮の地位にある息子（後の冷泉帝・実は父親は源氏）を守るには源氏の力を頼るほかないと藤壺の宮は思うのであった。しかし、源氏の情念は冷めてはいなかった。源氏は小袖（下着）一枚になって、又も宮の御帳台（寝台）に侵入した。しかし、藤壺の宮は懸命に身を守り続けた。

円地文子

以上のスリルある場面を、谷崎は決して原文の文脈を乱すことなく、忠実に訳している。それ故に、原文を的確にたどれる読み手は分かりやすく味わえるのではなかろうか。
ところで、円地文子は、谷崎の口語訳の態度を『源氏物語私見』の中で、次のように評している。

これは日本の古典である。動かすことのできないすぐれた古典である、という考えをしっかり頭に置いて、片言隻語といえどもくずさない態度で訳していらっしゃいます。非常に行儀正しい訳し方であります。

ともあれ原文に忠実な訳を心懸けられた谷崎先生の御苦心は、文体にまで気を配られたことからも十分うかがわれます。戦時中に刊行された第一次の訳では、いわゆる「である調」の文章を用いていられましたが、戦後の新訳では、女房言葉を生かして、「……でございます」という、侍女がお姫さまかなにかに話をする体裁の表現に変えられました。これだけでも、同じ口語訳といってもかなり違った雰囲気が生れます。その「である調」の谷崎源氏を読んだときには、私は秘かに、「ございます調」のほうがいいのではないかという思いがしたのですが、その「ございます調」の新訳を読んでみますと、必ずしもそれで「源氏」の感じがつかめているというわけでもないことがわかりました。「源氏物語」は、すぐれた書にみる仮名や草書のように、圭角（かど）が少しもない流麗な文章ですが、力のはいるべきところは十分にはいっている。細くやわらかくていながら、強いところは十分に強いという文章で、しかもどこまでも続いていって切れないのが特徴です。そういう文体を現代の日本語に移しとろうとすると、谷崎先生ほどの文章家であっても、なかなかうまくはいかないものだったようです。

それはけっして谷崎先生が悪いのではなく、現代の日本語が、もう平安時代の言葉とは全く違ったものになってきているからです。

さて、以上の円地の論述から推して、口語訳に関して、谷崎に対する円地の競争意識が感得されてならない。円地の闊達な訳に読者は読みほれるが、しかし、読者は谷崎の原文に対する読みの深さに基づく忠実な訳の方に、いつの間にか注目し、読み耽ってしまうのではなかろうか。

七　いつまでも秘密が守れるか

冷泉帝の出生の秘密、それは源氏と藤壺の中宮と王命婦と弁の四人だけが知る秘密である。母である藤壺の中宮は、その秘密を死守したのは当然のことであろう。皇女としてのプライドを維持して我が子冷泉帝を守り続けた中宮もすっかり弱くなられ、源氏はその崩御の姿に接して、ただただ悲嘆にくれるのであった。

○原文（日本古典文学大系本『源氏物語二』）

「この頃となりては、柑子などをだに、ふれさせ給はずなりにたれば、頼み所なくならせ給ひにたること」と、泣き、嘆く人、多かり。

「院の御遺言にかなひて、うちの御後見つかうまつり給ふこと、年ごろ、おもひ知り侍る事おほかれど、『なにゝつけてかは、その、心よせ殊なる様をも、もらし聞えん』とのみ、のどかに思ひ侍りけるを、いまなん、あはれに、口惜しく」と、ほのかにの給はするも、ほのぼのきこゆるに、御答へも聞えやり給はず、泣き給ふさま、いといみじ。「など、かうしも、心弱きさまにと、人目をおぼしかへせど、いにしへよりの御有様を、おほ方の世につけても、あたらしく愛しき、人の御様を、心にかなふわざならねば、かけとゞめ聞えんかたなく、いふかひなくおぼさるゝ事、限りなし。

「はかばかしからぬ身ながらも、昔より、御後見つかうまつるべき事を、心の至るかぎり、おろかならず思ひ給ふるに、太政大臣のかくれ給ひぬるをだに、世の中、心あわたゞしく思ひ給へらるゝに、又、かくおはしませば、よろづに心乱れ侍りて、世に侍らん事も、残りなき心地なんし侍る」

と、きこえ給ふ程に、ともし火などの消え入るやうにて、はて給ひぬれば、いふかひなく悲しき事を、思しなげく。（薄雲）

○谷崎訳（『潤一郎譯源氏物語巻三』新書版）

「もう此の頃は柑子などをさへお口になさらないで、だんだん覚束なくおなりになります」と、誰も誰も嘆くのです。「故院の御遺言を守って内裏の御後見をして下さいますのを、年頃嬉しく存じてゐるのですが、どうしたら私の深いお礼心の片端をでも、お知らせ申すことが出来ようかとばかり思ひながら、ついそのまゝにしてゐましたのが、今となってはまことに心残りで」と、ほのかなお声で仰っしゃるのが聞えるのですが、おん答へもなさらないでお泣きになるお姿の傷はしさ。どうしてかうも気が弱いのかと、はたの見る眼も恥かしくて、はっとなさるのですけれども、昔からの宮のお人柄を思って御覧になりますと、あゝ云ふおん仲ではなかったとしても、めったにはない勿体ないお方でいらっしゃいますのに、此の世にお引き留め申さうとしても、力に及ばぬ業であるのが、つくづくと情なく、恨めしくおなりになるのでした。「はかばかしいことは出来ませぬながらも、昔からおん後見をさせて戴きますことは、自分に気が付きます限りは大切に心がけて参ったのでございましたが、太政大臣がお薨れになりましてさへ、急に世の中が落ち着かぬやうになった心地が致しますのに、今又此のやうなおん有様を拝みましては、何かと取り乱しますばかりで、私までが残り少ない命のやうに存ぜられるのでございます」と、聞え上げ給ふうちに、燈火などが消え入るやうにしてお崩れなされましたので、せんないことながら悲しみにくれてお嘆きになります。

しかし、この秘事を知る者がもう一人いた。藤壺の中宮の加持僧である。彼は冷泉帝に、「実は、帝は源氏のお子さんであります」と、秘事の扉を開けてしまった。

○原文（日本古典文学大系本『源氏物語二』）

「わが君、はらまれおはしましたりし時より、故宮の、ふかくおぼし嘆く事ありて、御祈りつかうまつらせ給ふ故なん侍りし。くはしくは、法師の心に、え悟り侍らず。事のたがひ目ありて、おとゞ、よこざまの罪にあたり給ひし時、いよいよ、怖ぢおぼしめして、かさねて、御祈りども、うけ給はり侍りしを、おとゞも、きこし召してなん、又更に、言加へ仰せられて、御位につきおはしまし丶まで、つかうまつる事ども侍りし。その、うけ給はりしさま」とて、くはしく奏するを、聞し召すに、あさましう、めづらかにて、恐ろしうも、悲しうも、さまざまに、御心みだれたり。とばかり、御いらへもなければ、僧都、「す丶み奏しつるを、便なくおぼしめすにや」と、わづらはしく思ひて、やをら、かしこまりて、まかづるを、召しとゞめて、

「心に知らで、過ぎなましかば、後の世までの咎め、あるべかりけることを。今までしのびこめられたりけるをなん、かへりて、『後めたき心なり』と思ひぬる。又、この事を知りて、もらし伝ふるたぐひやあらん」と、の給はす。

「さらに、なにがしと王命婦とよりほかの人、この、事の気色見たる、侍らず。さるによりなん、いと恐ろしう侍る。天変、しきりにさとし、世の中静かならぬは、このけなり。いときなく、物の心知ろしめすまじかもつる程こそ侍りつれ。やうやう、御齢、足りおはしまして、何事もわきまへさせ給ふべき時に至りて、咎をも示すなり。よろづの事、親の御世より始まるにこそ

侍るなれ。なにの罪ともしろしめさぬが、恐ろしきにより、思ひ給へ消ちてしことを、さらに、心より出し侍りぬること」と、泣く泣くきこゆるほどに、明けはてぬれば、まかでぬ。うへは、夢のやうに、いみじき事を聞かせ給ひて、色いろに、おぼし乱れさせ給ふ。故院の御ためも後めたく、おとゞの、かく、たゞ人にて世に仕へ給ふも、あはれにかたじけなかりける事、かたがた、思し悩みて、日たくるまで、いでさせ給はねば、「かくなむ」とき丶給ひて、大臣も、おどろきて、まゐり給へるを、御覧ずるにつけても、いとゞ、忍び難くおぼしめされて、御涙のこぼれさせ給ひぬるを、「おほかた、故宮の御事を、ひるよなく、思し召したる頃なればなめり」と、見たてまつり給ふ。（薄雲）

○谷崎訳（『潤一郎譯源氏物語巻三』新書版）

「お上が御胎内においで遊ばしました時から、故宮が深くお嘆きなさいますことがありまして、私に御祈祷をおさせになりました仔細がございました。委しいことは法師のことでございますから、分りませせぬ。不慮の事がございまして、大臣が無実の罪にお遭ひなされました時、宮はいよいよ恐ろしく思召して、重ねて数々の御祈祷を仰せ付けられたのでございますが、大臣もお聞きになりまして、又その上に仰せ付けられまして、お上が御即位あそばしますまで、いろいろお勤め申し上げたことでございました。その、わたくしが承りました仔細と申しますのは」と、委しく奏上しますのをお聞きになりますと、有り得べからざることのやうに怪しくて、恐ろしくも悲しくも、さまざまにお心が乱れるのでした。

しばらくはお答へがありませせぬので、僧都は、進んで申し上げたのを不埒に思召したのであらうかと、気がゝりになりまして、そっと恐懼して退り出ようとしましたが、それをお呼び止めなされて、「もしも知らずに過してゐたなら、後の世まで罪を得るところであったが、これほどの事を今まで隠してをられたのを、却って恨めしい心だと思ふ。ほかに此の事を知ってゐて、洩らし伝へるやうな人はゐないであらうか」と仰せになります。「いえいえ、わたくしと王命婦とより外には、此の事を気振りにも存じてゐる者はをりませせぬ。それ故にこそまことに恐ろしく存ずるのでございます。天変がしきりにお告げを下し、世の中が静かでござ

源氏三十一歳の冬から三十二歳の秋まで。
藤壺入道…三十六歳―三十七歳（他界）
紫上…二十三歳―二十四歳
梅壺女御…二十二歳―二十三歳
明石上…二十二歳―二十三歳
明石姫…三歳―四歳

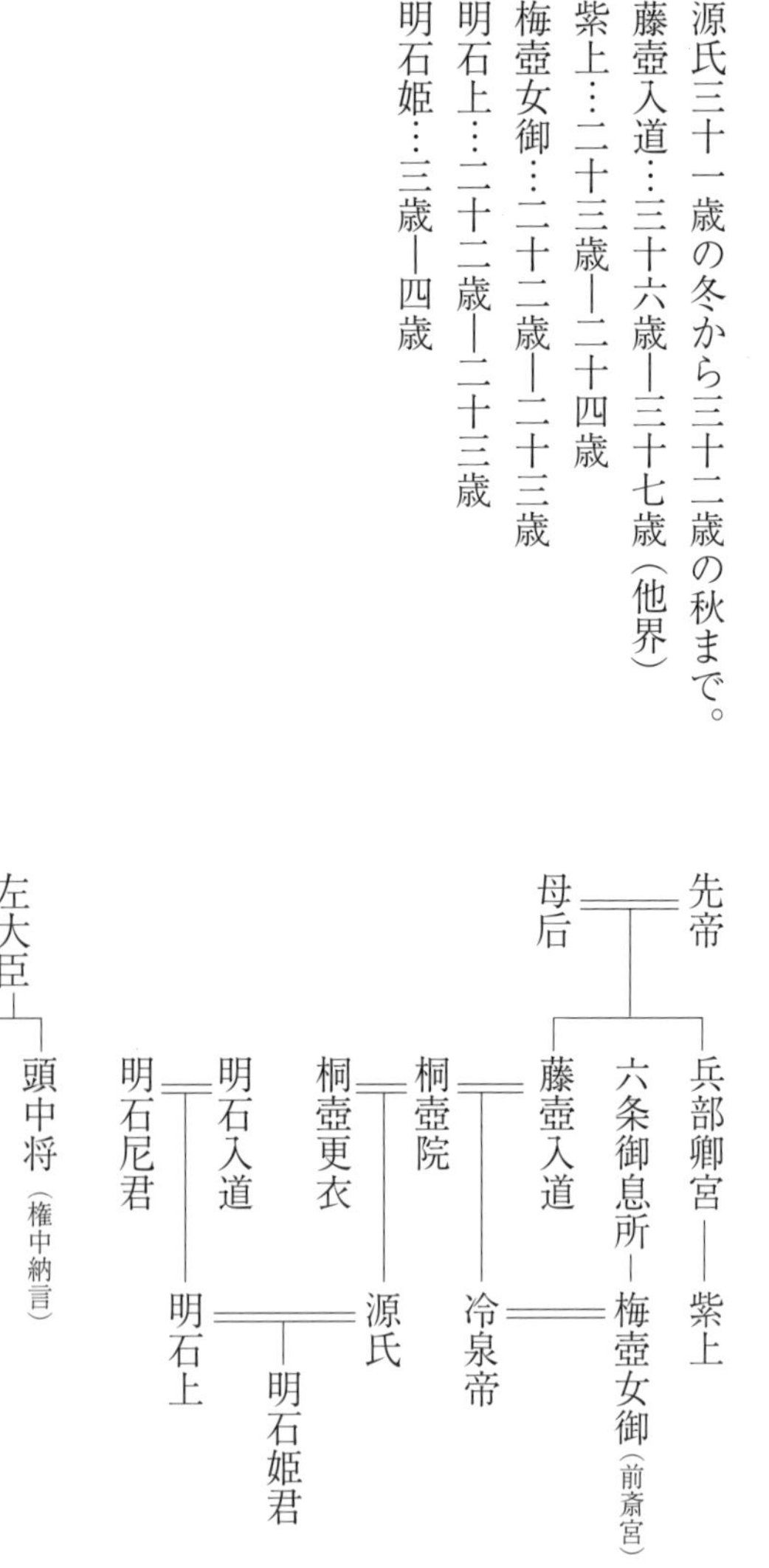

いませぬのは、此のせゐでございます。御幼少で物事がお分りになりませぬうちは兎も角も、やうやく成人遊ばしまして、何事もお分り遊ばす時になりまして、天も咎めを示す訳なのでございます。すべての事は、親の御代から始まるものでございます。何の罪とも御存じ遊ばしませぬのが恐ろしうございますので、一旦は心より外に漏らすまいと決心いたしてをりましたことを、いまさらに口外いたしました次第で」と泣く泣く申し上げますうちに、夜も明け放れましたので退出しました。お上は、夢のやうに、容易ならぬ事をお聞きになりまして、いろいろに思ひ乱れていらっしゃいます。故院の御霊に対しても気がお咎めになりますし、大臣が斯様に臣下として朝廷に仕へていらっしゃいますのも、何とも勿体ないことですし、あれやこれやと御思案遊ばして、日が高くなるまで御出座なされませぬので、大臣もかくとお聞きになりまして、驚いて参内なさるのでしたが、それを御覧遊ばすにつけても、一人こらへきれなくて思し召して、おん涙をおこぼしになりますのを、近頃は故入道宮のおんことを袂の乾く暇もなく追慕していらっしゃるからであらうと、大臣はお思ひになるのでした。

加持僧から自分の出生の秘密を告げられた冷泉帝の心の動揺の大きさは察するまでもなかろう。冷泉帝は、何はともあれ、父源氏に帝位を譲らなければならないと思った。しかし、源氏はそんな帝をそれとなく諫めるのであった。

○原文（日本古典文学大系本『源氏物語二』）

秋の司召に、太政大臣になり給ふべき事、うちうちに定め申し給ふついでになん、みかど、おぼしよするすぢの事、もらし聞え給ひけるを、おとゞ、いと、まばゆく、恐ろしう思して、さらにあるまじき由を、申し返し給ふ。「故院の御心ざし、あまたの御子たちの御中に、とりわきて思し召しながら、位を譲らせ給はん事、おぼしめし寄らずなりにけり。何か、その御心あらためておよばぬ際には、のぼり侍らん。たゞ、もとの御おきてのまゝに、おほやけに仕うまつりて、いま少しの齢かさなり侍りなば、『のどかなる行ひに籠り侍りなん』と思ひ給ふる」と、つねの御言の葉にかはらず、奏し給へば、いとくち惜しうなん、おぼしける。太政大臣になり給ふべき定めあれど、「しばし」とおぼす所ありて、たゞ、御位そひて、牛車ゆるされて、参りまかでし給ふを、御かど、飽かずかたじけなきものに思ひ聞え給ひて、なほ、親王になり給ふべき由を思しの給はすれど、「世の中の御後見し給ふべき人なし。権中納言、大納言になりて、右大将かけ給へるを、いま一きはあがりなんに、何事もゆづりてなん。さて後に、ともかくも、静かなるさまに」とぞ、思しける。なほ、おぼしめぐらすに、故宮の御ためにも、いとほしう、又、うへの、かくおぼしめし悩めるを、見たてまつり給ふも、かたじけなきに、「たれ、かゝる事をもらし奏しけむ」と、あやしう思さる。命婦は、御匣殿のかはりたる所に移りて、曹司賜はりて、まゐりたり。おとゞ、たいめんし給ひて、「この事を、もし、物のついでに、露ばかりにても、漏らし奏し給ふ事やありし」と、案内したまへど、「さらに、かけても聞し召さん事を、いみじき事におぼしめして、かつは、『罪得る事にや』と、うへの御ためを、猶、思しめし嘆きたりし」と、きこゆるにも、ひとかたならず心深くおはせし御有様など、つきせず、恋ひきこえ給ふ。（薄雲）

○谷崎訳（『潤一郎譯源氏物語巻三』新書版）

「秋の司召に、太政大臣に任ずるやうに御内定なされましたついでに、帝はお心にある筋のこと（父の源氏に位を譲ること）をお洩らしなされましたけれども、大臣はたいそう恥かしく恐ろしくお思ひなされて、決してさやうな事のあるべきでない由を御返事申し上げられます。故院のお志は、多くの御子たちのおん中で、とりわけ私を大切に思し召して下さりながら、位をお譲りになりますことは、お考へにならなかったのでございます。どうしてそのお心に背いて、及びもつかぬ地位に登るやうなことを致しませう。たゞ故院がお定めなさいました通りに、朝廷にお仕へ申して、今少し年を取りましたら、静かな仏道三昧に籠りたいと存じてをります」と、平素のお言葉と変らぬことを奏上なさいますので、まことに残念に思召されるのでした。太政大臣に任ずると云ふ御掟があったのですけれども、今暫くはと思ふところがおありになって、たゞお位が一つ上って牛車を許されて、お乗物のまゝ御所へお出入りなさいますだけなのを、帝は物足らなくも勿体なくも思し召されて、やはり親王におなりになるやうに、仰せられるのでしたが、今のところでは自分の外に政治の補佐をなさるやうな人がゐない、あの権中納言が、今度大納言になって右大将を兼ねられたについては、今一際昇進されるのを待って総てのことを譲ってしまはう、さうして後にのんびりと余生を送りたいものよと、思っていらっしゃるのでした。なほいろいろと思案を廻らして御覧になりますと、故宮のおんためにもおいとほしいことですし、又お上があのやうに思ひ悩んでいらっしやいますのをお拝みになっても勿体なくお感じになるのですが、誰が一体此の事を洩らし、奏上したのであらうかと不思議にお思ひになります。命婦は御匣殿が転じたあとへ後任として移って来まして、局を賜はって、お仕へしてゐるのでした。大臣は対面なされて、「此の事をもしや何かの折に、つゆ程でも口に出して奏上された事がありましたか」と、お尋ねになるのでしたが、「いえいえ、仮にもお上のお耳に這入りますことをたいへんだ」と、お思ひ遊ばしていらっしゃいましたが、また一方では、「ご存じなくては御仏の咎をお受けになるのではないかと、やはりお上のおんためを思し召して、嘆いておいででした』と聞え上げますので、それにつけても並々ならず思慮深くおはしました故宮のおん有様を、限りもなく恋しくお思ひになります。

以上の三ヶ所は、読者にとっては、源氏同様に胸に迫る箇所である。谷崎は、几帳面な丁寧体で淡々と細やかに訳している。この訳のお蔭で、冷泉帝も藤壺の中宮も源氏も加持僧も人間味豊かに味わうことが出来るのである。

以上取り上げた（若紫）・（賢木）・（薄雲）の各巻の部分は、かつては削除された箇所である。

八　貴種流離の旅に先立って

ところで、古典に掲載されている歌は、実は極めて意味深長なのである。登場人物の行動や心境、場面の状況や変化などが歌によって具象的にまたは象徴的に表現される。大和物語や伊勢物語などの歌は、この現象が顕著である。源氏物語もこれらの物語に劣らずこの現象が多くうかがわれる。その一例をここに示してみたい。

○原文（日本古典文学大系本『源氏物語二』）

明けはつる程に、かへり給ひて、春宮にも御消息きこえ給ふ。王命婦を、御かはりとして、さぶらはせ給へば、「その局に」とて、「今日なん、宮こ離れ侍る。また、まゐり侍らずなりぬるなん、あまたの憂へにまさりて、思ひ給へられ侍る。よろづ推しはかり、啓し給へ。

いつか又春のみやこの花を見む時うしなへる山がつにして」

桜の、散り透きたる枝に、つけ給へり。「かくなん」と、御覧ぜさすれば、をさなき御心地にも、まめだちておはします。「御かへり、いかゞ物し侍らむ」と啓すれば、

『「しばし見ぬだに恋しきものを、遠くはまして、いかに」といへかし』との給はす。「ものはかなの御返りや」と、あはれにみたてまつる。あぢきなき事に、

源氏二十六歳の三月から
二十七歳の三月まで。
紫上…十八歳―十九歳
六条御息所…三十三歳―
三十四歳
夕霧…五歳―六歳
藤壺…三十一歳―三十二
歳
明石上…十七歳―十八歳
春宮（冷泉）…七歳

御心を砕き給ひし昔の事を、をりをりの御有様、思ひ続けらるゝにも、物おもひなくて、我も人も過ぐし給ひぬべかりける世を、心と、思し嘆きけるを、くやしう、我が心ひとつにかゝらん事のやうにぞ、おぼゆる。御返りは、「さらに、えきこえさせやり侍らず。御まへには啓し侍りぬ。心ぼそげに思し召したる御気色もいみじうなん」と、そこはかとなう心の乱れけるなるべし。
「咲きてとく散るは憂けれど行くはるは花の都を立ちかへりみよ
時しあれば」と聞えて、名残も、あはれなる物語をしつゝ、ひと宮のうち、忍びて泣きあへり。（須磨）

右の文章の中の『あぢきなき事に〜かゝらん事のやうにぞ、おぼゆる』は、源氏と藤壺の宮とのかつての情交などを王命婦が思い出している箇所である。二人が登場する箇所なのでかつては削除された箇所である。

○谷崎訳（『潤一郎譯源氏物語巻二』新書版）

夜が明け放れた頃にお帰りになりまして、春宮にも御消息をお上げになります。王命婦が母宮のおん代りに御付き添ひ申し上げてゐますので、その局へあて、、「今日こそ都を立ち出でます。今一度お伺ひすることが出来ずにしまひましたのが、数々の憂にもまして悲しく存ぜられます。何事も御推量下さって、宜しきやうに啓して下さいまし。

いつかまた春の都の花を見ん時うしなへる山がつにして」

桜の花の散り透いた枝に、それをお付けになりました。「此のやうなおん文が」と御覧に入れますと、御幼少ながらも御思案顔をなさいます。「御返事は何と致しませう」と申し上げますと、「暫く会はないでも恋しいのだものを、遠くへ行ってしまったならましてどんなにかと、さう云っておやり」と仰せになります。あぢきないことにもあっけないおん返りごとよと、命婦はあはれに存じ上げます。さとに苦労なすった昔の事や、その折々のおん有様が次から次へ思ひ出されますにつけても、君も宮も、何の物思ひもなく世をお過しになることも出来たものを、自ら求めて嘆きの種をお作りになったのであった。それもこれも、自分の浅はかな計らひ一つから起ったのであったと、命婦は悔しく感じるのです。御返事は、「ほんたうに、申し上げやうもございませぬ。御前へはたしかにお取次いたしました。心細さうに遊ばしていらっしゃる御様子が何ともおいたはしくて」と、とりとめもなく書いてありましたのは、心が乱れてゐたせゐなのでせう。
「咲きてとくちるは憂けれど行く春は花のみやこを立ちかへり見よ
時間が参りましたらば」としたゝめて上げたあとで、いつ迄も悲しい物語をしながら、御殿中の人々が皆忍んで泣き合ふのでした。

○円地の訳（『源氏物語巻三』昭和四十七年）

夜の明けはなれた頃に京にお帰りになって、東宮にも京を離れる御挨拶を申し上げられる。入道の宮は王命婦をお代りに付き添わせていらっしゃるので、その部屋にあてて、

「今日はいよいよ都を離れます。再び参上いたさぬままになりましたことこそ、

ほかの何事の辛さにもまさって耐えがたく存ぜられます。万事は御推量下さって、東宮に申上げて下さいまし。

いつかまた春の都の花を見む時うしなへる山樵にして」

と認めて、桜の花の散り過ぎた枝にお付けになった。

命婦は「これこれでございます」とお話して東宮にお目にかけると、幼いお心にも真顔になって聞いておいでになる。

「御返事はどういたしましょうか」と申上げると、

「しばらく会わないでも恋しいものを……遠くへ行ってしまったら、ましてどんなにか淋しいだろう、と言え」とおっしゃる。さても頼りないお言葉ではあると、命婦は東宮の何も御存じないのをあわれにお見上げ申すのであった。

命婦は、果しようもない恋に御心を砕かれた昔のことや、あの折この折のお二人の御有様が次々と胸によみがえってくるにつけ、君にしても宮にしても、何の物思いもなくのどかにお過しになれたはずの世を、自ら求めて切ない思いをお重ねになったことと、それもこれも自分一人が負うべき責めのように、今更に悔まれてならないのであった。

御返事は、「何とも申上げようもございません。東宮には言上いたしました。大そう心細そうに思召していらっしゃる御様子もおいたわしゅうございます」とばかりとりとめもなく書いてあるのは、命婦も心の乱れているためなのであろう。

「咲きてとく散るは憂けれど行く春は花の都を立ちかへり見よ

時節さえ来ましたならば」と申上げて、その後も源氏の君のお噂にあわれは尽きず、東宮御所の内中、忍び音に泣いていた。

九　歌は命なりけり

右の別れの場面の文章の中に、歌が二首詠まれている。

第一首目は「いつか又春のみやこの花を見む時うしなへる山がつにして」の歌。谷崎の訳＝いつになったら再び都の春の花を見ることが出来るでせう。今の私は時代に疎んぜられて零落した山樵のやうなものです。「春のみやこ」に「春の宮」（春宮）の意が隠してある。

円地の訳＝山の樵になってここを去る私は、いつまた都の花を見られるでしょうか。

第二首目は「咲きてとくちるは憂けれど行く春は花のみやこを立ちかへり見よ」の歌。

谷崎の訳＝命婦の歌。花が咲いたかと思ふと忽ち散ってしまふのは情ないけれども、過ぎ行く春よ、やがて花の都へ帰って来てくれ。「人に栄枯盛衰があるのは悲しいけれども、又来年になれば再び花が咲くやうに、あなたも春になったら再び都に帰って来て下さい」の意。今は三月であるから「行く春」と云った。

円地の訳＝桜が早く散るのは悲しいけれど、早くまた花の都にお帰りになって下さい。

第一首目の歌は、父の故桐壺院の墓参を済ませて二条院へ帰って来た源氏は、東宮御所に仕えている王命婦を通じて、東宮に贈った別れの歌である。花の散ってしまった枝にその歌を付けた行為は、源氏の凋落をそれとなく表しているだろう。第二首目の歌は、王命婦が東宮に代わって源氏に返した歌である。月日は過ぎ去るもの、その運行によって再び新しい春がやって来て、源氏の君も都にお帰りになるに違いない、その時は東宮の立派に成長し栄えておいでの姿を御覧になることであろうと、源氏の帰京を待ち望む歌になっている。

谷崎の懇切丁寧な訳、円地の簡潔明瞭な訳、甲乙付け難い。しかし、古典の歌の訳として一段と奥深く味わえるのは谷崎の訳ではなかろうか。この奥深さは、孝雄の導きによるものであろう。谷崎は、源氏物語をあらためて新しく訳する場合もみな孝雄に校閲してもらってさらに古典への理解度を高めていたから、きっとその導きが確かに働いていたに違いないと思われてならない。

しかし、好まれる点では、円地源氏は谷崎源氏に劣ることはなかろう。女の描写が優れていると言っても、光源氏はどの巻においても、その存在が霞んでいるとは言えず、確かな姿や心持ちを摑むことが出来よう。円地は、この視点に立って、「光源氏は飽くまで作者の創作した王朝貴族の理想像であることに間違いない」と述べ、円地の光源氏贔屓が読者の心に自ずから伝わってきて、自ずと共感をおぼえさせるのである。円地は次のように述べてその心境を披歴している。

人の生涯は動きまはる影にすぎぬ。あはれな役者だ、ほんの自分の出場のときだけ、舞台の上で、みえを切ったり、喚いたり、そしてとどのつまりは消えてなくなる。（福田恆存訳）

これは「マクベス」の中のセリフであるが、光源氏の生涯にもこの言葉を思わせる寂寥と混沌がある。

源氏の中の女君たち、藤壺、六条の御息所、空蟬、夕顔、紫の上、末摘花、花散里、明石、玉鬘、女三の宮、雲居の雁などの多くが、一つ一つ種類の違う花々のような色と香を持って私たちに眺められるのは、つまり光源氏という光源から放射する光によって輝いているので、中心は光源氏自身にあることは疑いもない事実である。

正篇「源氏物語」は、外面、殺人や、自殺や、天災などを一切取除いた、優雅な衣装でなよやかに蔽われているが、その内面には中国の古典、例えば「史記」の冷厳な史観などから学びとった逞しい骨格が巧みに隠されている、と私は思う。（円地文子『源氏物語私見』一四八ページ）

また、上坂信男氏は、次のように述べている。

源氏の中の女性たち、藤壺、六条の御息所、空蟬、夕顔、紫の上、末摘花、花散里、明石、玉鬘、女三のみや、女二の宮、雲井の雁などの多くが、一つ一つ種類の違う花々のような色と香を持って私たちに眺められるのは、つまりは光源氏という光源から放射する光によって輝いているので、中心は光源氏自身にあることは疑いもない事実である。

正篇『源氏物語』は、外面は、殺人や、自殺や、天災などを一切取除いた、優雅な衣装でなよやかに蔽われているが、その内面には中国の古典、例えば「史記」の冷厳な史観などから学びとった逞しい骨格が巧みに隠されている、と私は思う。（略）

作中女性については、円地氏はそれを四種に分ける。

1 相愛で添いとげた理想的女性——紫の上、明石御方、花散里

2 永遠の恋人上——上位の人——藤壺、六条の御息所、秋好中宮、朝顔斎院

3 恋愛の相手——面白くなまめましく——相当の事件も起した女性——夕顔、朧月夜

4 どうしても愛することのできなかった女性——歌詠まぬ女性——葵上、弘徽殿大后

右の分類によれば、例えば、空蝉や末摘花などは何処に属するのであろうか。疑問も残ることではあるが、この作者らしい『源氏』の読みが窺われる。（上坂信男『円地文子—その『源氏物語』返照—』三七五—七ページ）

○

逞しい骨格は摑めそうもないが、女性たちのその時々の動向やその時々の心持ちは想像することが出来るのではなかろうか。

一〇　『源氏物語絵巻』の絵巻第三十八帖「鈴虫二」を観る

－わが子なるも、ひとの子として－

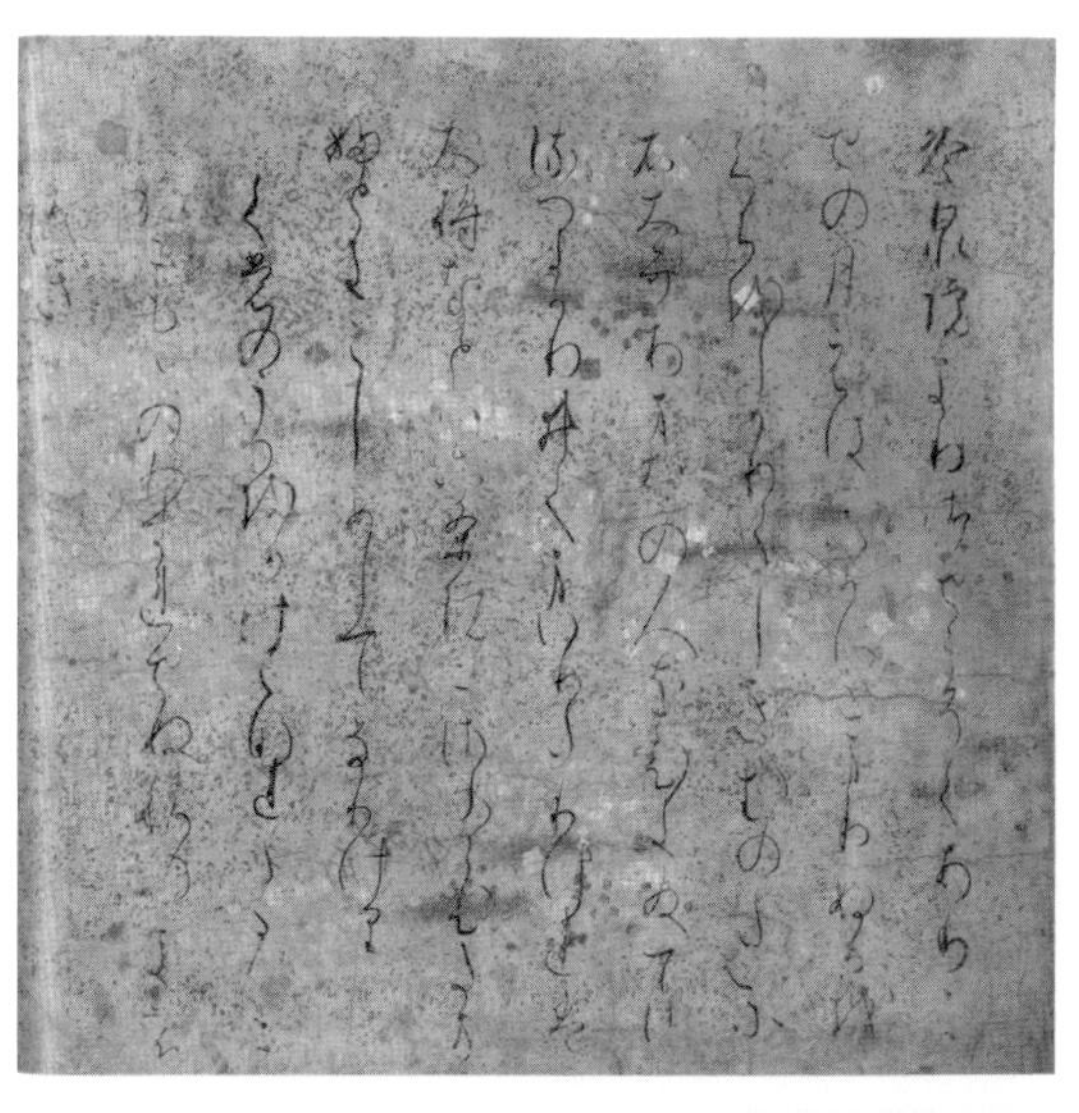

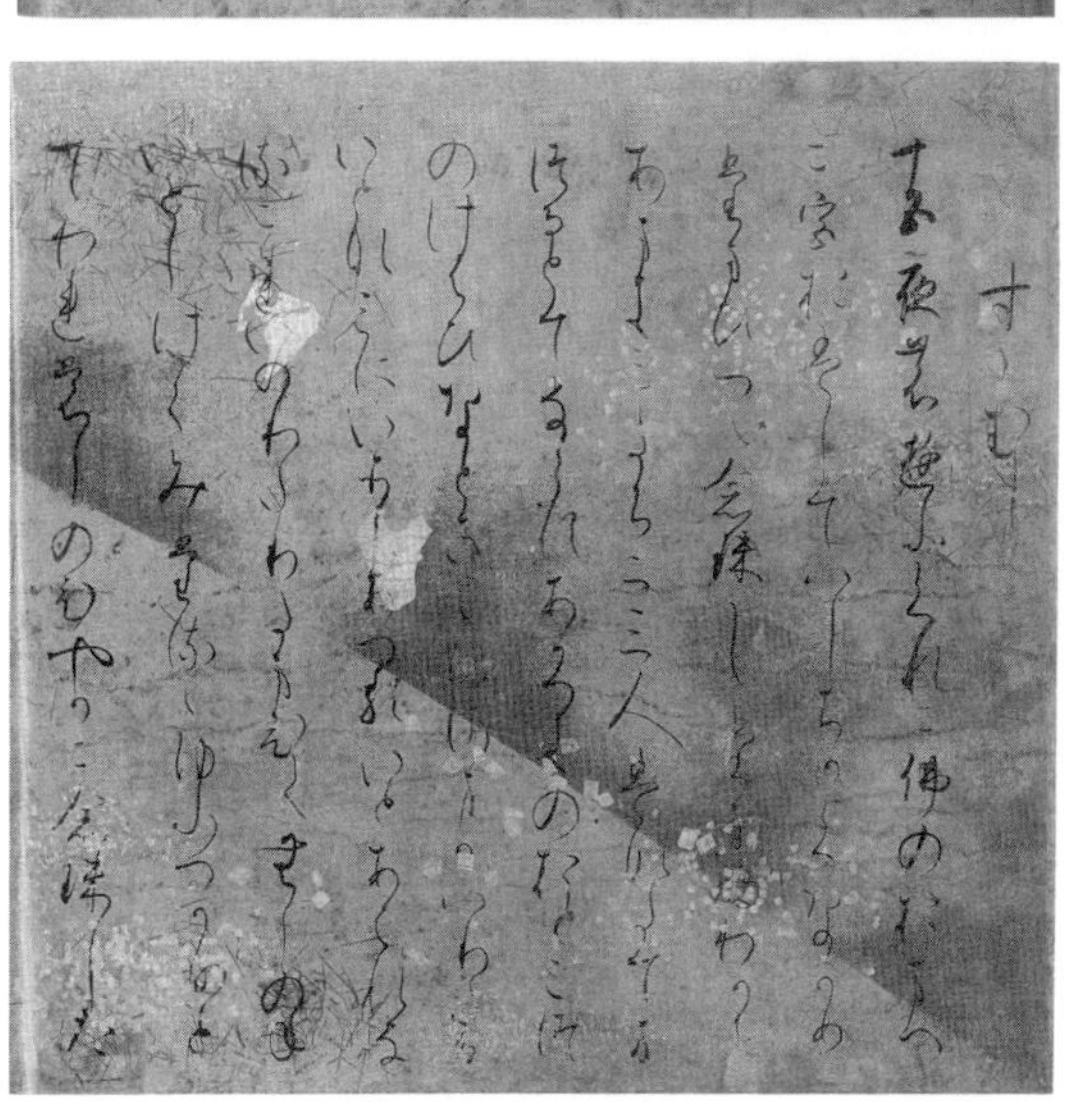

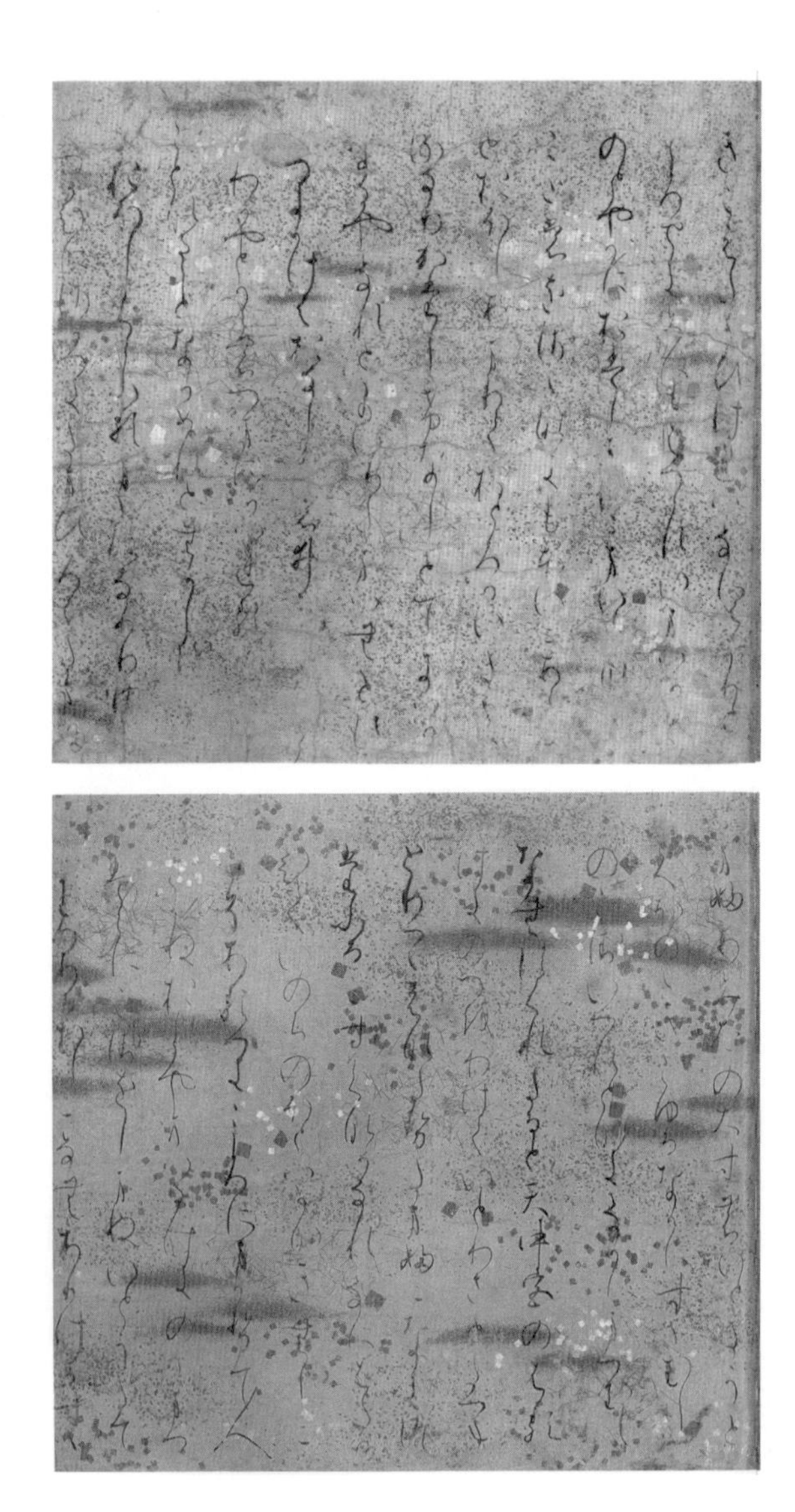

【原文】（日本古典文学大系本『源氏物語四』）から。

「雲の上をかけ離れたるすみかにも物わすれせぬ秋の夜の月　おなじくは」と、きこえ給へれば、「なにばかり所せき身の程にもあらずながら、今はのどやかにおはしますに、参り馴る、ことも、をさをさなきを。本意なき事におぼしあまりて、おどろかせ給へる、かたじけなし」とて、にはかなる様なれど、まゐり給はむとす。

月影はおなじ雲井に見えながらわが宿からの秋ぞかはれる

ことなることなかめれど、昔・今の御有様の、おぼし続けられけるま、なめり。御つかひに、さかづき賜ひて、禄いと二なし。

人々の御車、次第のま、引きなほし、御前の人々立ちこみて、しづかなりつる御あそび、まぎれて、いで給ひぬ。院の御車に、みこたてまつり、大将、左衛門の督、藤宰相など、おはしけるかぎり、みな、まゐり給ふ。直衣にて、かろらかなる御よそひどもなれば、下襲ばかりたてまつりくはへて、月や、さしあがり、更けぬる空おもしろきに、わかき人々、笛などわざとなく吹かせ給ひなどして、しのびたる御参りのさまなり。うるはしかるべき折ふしは、所せくよだけき儀式をつくして、かたみに御覧ぜられ給ひ、又、いにしへのたゞ人ざまにおぼしかへりて、今夜、かるがるしきやうに、ふと、かく参り給へれば、いといたうおどろき、待ちよろこびきこえ給ふ。ねびとゝのひ給へる御かたち、いよいよこと物ならず。いみじき御さかりの世を、御心とおぼしすてゝ、しづかなる御有様に、あはれすくなからず。

【口訳】（『潤一郎譯源氏物語巻六』新書版）から。

「雲の上をかけ離れたるすみかにも物わすれせぬ秋の夜の月　同じことなら私の方で」と仰っしゃってお寄越しになりましたので、「出入りに何程の手数のかゝる身分でもないのだけれども、今は折角お気楽にしていらっしゃるのにと存じ上げて、めったにお伺ひすることもないのを、本意なく思し召す余りに、お使を戴いたとは恐れ多い」と、突然のやうではありますけれども、参上のお仕度をなさいます。

月影はおなじ雲井に見えながらわが宿からの秋ぞかはれる

別にどうと云うふお歌ではないのですが、昔と今のおん有様の変ったことが、思ひ続けられ給ふまゝをお詠みになったのでせう。おん使いには盃を賜はって、又とない禄を被けられます。

おん方々の御車を引き出して順序を整へたり、前駆の人々が立て込んだりして、物静かであった管絃の御遊も何処へやら、皆々打ち連れてお出ましになります。院の御車に親王を御一緒に乗せ参らせ、大将、左衛門督、藤宰相など、その場に居合せた方々は残らずお供なさいます。院と親王とは直衣すがたで、簡略なおん装ひなので、下襲だけをお着け加へになりましたが、月がやゝ高く昇った夜更けの空の面白さに、若い人々が笛などをそれとなくお吹きになったりしまして、忍びやかに参上なさるのです。これが表向きの御機嫌伺ひの場合でしたら、物々しい大がゝりな儀式を尽くして対面遊ばされるところなのです。今宵は昔の御身分にお復りなされて、身軽に、こんな工合にふいとお伺ひになりましたので、たいそう驚いて、喜んでお迎へになります。年と共にお立派にならせ給うた御容貌は、いよいよ大殿と瓜二つなのです。今が盛りのお年頃に、御自分から御位をお捨てなされて、静かに暮しておいでになるおん有様に、哀れは尽きないものがあります。

〈歌の訳「雲の上を」〉

・谷崎訳＝万乗の位を退き、九重の宮殿を離れて暮す自分の今の住居にも、秋の夜の月は昔を忘れず訪れて来て照らしてくれる。

・円地訳＝帝位を去った自分の住居にも、忘れず秋の名月は照っている。

〈歌の訳「月影は」〉

・谷崎訳＝月影は昔と同じ雲井（空）に澄み渡って見えながら、見る人々の境遇のせゐ（わが宿から）で秋が昔と違ったやうに感ぜられます。「月影」を院に喩へ、「雲井」を宮城の意にも働かしてあって、「院は昔九重の奥にいらせられた時と同じやうに貴く拝まれますが、拝む人々昔と変ってしまひました。」の意。にもなってゐる。

・円地の訳＝上皇のお栄えにはお変わりなく、私の身の上の変ったために失礼をしておりました。

この絵巻「鈴虫二」は、絵自体がそれほどに色褪せてはいなく、かなり明確に平安朝の貴族の姿をとらえることが出来る。絵巻の中でも名品中の名品とみなしたいのである。

真ん中の柱を背にしているのが源氏、対座しているのが冷泉院で御引直衣の姿である。お二方はじっと涙を堪えているように感得されてならない。左端下のこちらを向いているのは源氏の弟宮の蛍兵部卿宮である。彼もお二方の姿を見てそっと涙をこぼしているような感じがしてならない。この三人は廂の間に位置している。外側の、夕霧（大将・源氏の息子）、左衛門督と藤宰相（源氏の最初の正妻葵の上の甥たちで夕霧の従弟たち）三人は、高欄に下襲を掛け、音楽を奏でている。居る場所は簀子である。右端の上には月が描かれている。

源氏と冷泉院の対面、二人のすっきりとした姿、しかし、二人にはそれぞれ胸迫るものがあるのであろう。蛍兵部卿宮だけが親子だと知ってそっと肯いているのであろうか。

実は源氏と冷泉院は親子なのである。源氏は十八歳の時、藤壺の宮（源氏の

鈴虫　二

女三宮の邸で源氏や夕霧、螢兵部卿宮が遊びを楽しんでいる所に、冷泉院より御消息があって源氏達をお召しになる。恐縮して院に参るが、直衣のみでは礼を失すると下襲をつけ、車で院に向う途中、若い人々はさしあがった満月を愛でて楽を奏す。院に参上してみると、冷泉院はしみじみとした御様子で源氏と物語

五島美術館蔵

をされる。立派に成人された院の御容貌は、いよいよ源氏に生き写しと見える。詩歌の宴が夜を徹して行われた。

父の桐壺院の最晩年の正妻）は二十三歳の時、お二方は秘かにかつ熱く結ばれてしまった。その時に身ごもったのが冷泉院である。不義の子である。源氏は、この秘事を厳守し、臣籍降下の身でありながら、この訳ある息子の皇太子時代そして天皇時代の世話をし続けた。母藤壺中宮の死後、夜居（宿直）の加持僧から、この秘事を知らされた。早速、実父に皇位を譲ろうとしたが、源氏は厳しく諫止した。その時、源氏は五十歳、冷泉院は在位十八年に及んでいた。しかし、きっぱりと退位し、そして、仙洞御所に居を移した。

ところで、歌の訳を見てみよう。特に「月影は」の歌については、谷崎の訳は極めて懇切な名訳である。「月影」「雲井」の意味するところを紹介して、表の解釈と裏の解釈とを紹介して、場面や歌人の立場を極めて明確に示している。このように語の意味付け、また場面・立場に従った解釈などは、緻密厳正を大切にする孝雄の導きに依るものと思われてならない。

【主な参考文献】

○日本古典文学大系『源氏物語一・二・三・四』（昭和三十三年－・岩波書店）
○『潤一郎譯源氏物語』新書版・巻一－巻七（昭和三十四年－・中央公論社）
○岡 一男編『源氏物語事典』（昭和三十九年・春秋社）
○山岸徳平校注『源氏物語㈠－㈥』（昭和四十年－四十二年・岩波文庫）
○円地文子訳『源氏物語』巻一－巻七（昭和四十七年－・新潮社）
○円地文子著『源氏物語私見』（昭和四十九年・新潮社）
○雨宮庸蔵著『偲ぶ草』（昭和六十三年・中央公論社）
○上坂信男著『円地文子－その『源氏物語』返照－』（平成五年・右文書院）
○伊吹和子著『われよりほかに』（平成六年・講談社）
○徳川美術館編集『源氏物語絵巻』（平成七年・徳川美術館）
○小谷野敦著『谷崎潤一郎伝－堂々たる人生－』（平成十八年・中央公論新社）

第二章　山田文法

一　「単語」と「単位」

『国語学原論』は、昭和十六年に出版された時枝誠記（もとき）の著書である。なぜ最初にこの書に注目しなければならないのか―それは時枝の言語論が、とにもかくにも山田の言語論（文法論）を根幹としているからである。『国語学原論』には山田の論述が二十二回も引用されている。

言語論（文法論）といえば、まず「単語」と「単位」といった用語が登場する。これらの言葉は、その意味が易しいようだが、言語論（文法

時枝誠記

論）の用語としての意味はそうたやすく理解できないのである。ここで、一般の言葉として、この二つの語の意味を見てみたい。『広辞苑・第七版』を開くと、次のように説明してある。

「単語」＝文法上の意味・機能を有し、言語使用において独立性のある最小単位。文の成分となる。例えば「花が咲く」という文における「花」「が」「咲く」など。

「単位」＝①ある量を表すとき、比較の基準とする同種の量の名。長さの単位のメートル、質量の単位のグラムの類。「億－の金を動かす」②組織・行動などを構成する基本的な要素。「市町村－で導入する」③一定の学習量。一般に学習時間を基準として定める。大学などでは履修科目と単位数とによって進級・卒業が認定される。「－制」「－時間」④〔仏〕禅宗で、僧堂における座位。座席の上に名単（名札）が貼付してある。

右の説明を読んで、あらためてなるほどこの二つの語は広範囲にわたって用いられていると思った。特に「単位」の④などは勉強になった。

次に、文法用語としての「単語」と「単位」の意味について、山田孝雄著『日本文法論』を開くと、次のように論述している。

吾人も亦スヰート氏の説に学びて左の定義を下さむと欲す。

単語とは、言語に於ける、最早分つべからざるに至れる究竟的の思想の単位にして、独立して何等かの思想を代表するものなり。

この定義に対しては恐らくは誰も不同意を表すものなかるべし。とにもかくにも吾人の単語の定義右の如し。これにつきては分解説明せざるべからず。

第一、単位とは最早分解せられざる極限を示す。即なほ其の上に分解せらるゝ時は、其の物の本性作用を滅却すべき点に至れる終極のものをさせり。

第二、単語は思想の単位をあらはす。しかも、そは、必言語といふ一の形に制せられたるものなるべし。「白し」といふ語は単語なり。しかも、こは、物体の光学的属性観念と人間精神の統覚作用とをあらはせり。その観念と統覚作用とは心理的論理的にいはゞ二の単位なり。然れども、そは言語としては一なり。この故に二者は思想上の単位なることを得としても言語上単位なることを得ざるなり。

　第三、思想にては一単位なりとも、そがなほ語としては叢りたるものなるときは単語と称すべからず。例へば「梅の花」といへば思想上唯、一の観念なり。されど語としては「梅」といふ単語と、「の」といふ単語と、「花」といふ単語とに分解せらるべきものなれば「梅の花」は単一思想なれども単語にあらず。

　この故に単語といふには思想上の単位と言語上の単位とが一致せる場合、若しくは思想が語の単位に制せられたる場合に限るべきものなり（文法論・七六－七ページ）。

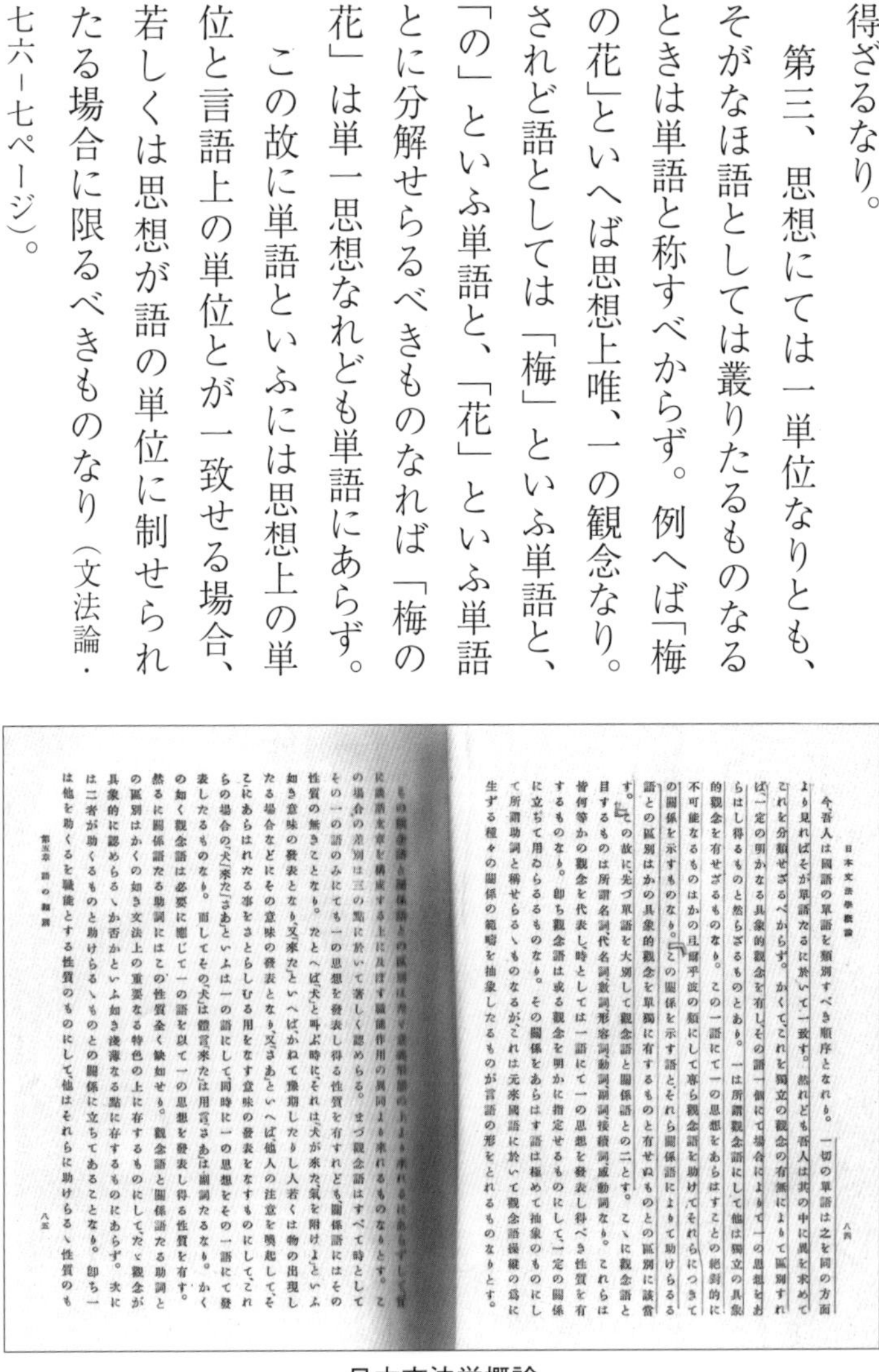
日本文法學概論　八四

今、吾人は國語の單語を類別すべき順序となれり。一切の單語は之を同の方面より見ればそが單語たるに於いて一致す。然れども吾人は其の中に異を求めてこれを分類せざるべからず。かくて、これを獨立の觀念の有無によりて區別すれば、一定の明かなる具象的觀念を有し、その語一個にて場合によりて一の思想をおらはし得るものと然らざるものとあり。一は所謂觀念語にして他は獨立の具象的觀念を有せざるものなり。この一語にて一の思想をあらはすことの絶對的に不可能なるものはかの弖爾乎波の類にして專ら觀念語を助けてそれらにつきての關係を示すものなり。この關係を示す語と、それら關係語によりて助けらるる語との區別はかの具象的觀念を單獨に有するものと有せぬものとの區別に該當す。この故に、先づ單語を大別して觀念語と關係語との二とす。こゝに觀念語と目するものは所謂名詞、代名詞、數詞、形容詞、動詞、副詞、接續詞、感動詞なり。これらは皆何等かの觀念を代表し、時としては一語にて一の思想を發表し得べき性質を有するものなり。即ち觀念語は或る觀念を明かに指定せるものにして、一定の關係に立ちて用ゐらるるものなり。その關係をあらはす語は極めて抽象のものにして所謂助詞と稱せらるゝものなるが、これは元來國語に於いて觀念語操縱の爲に生ずる種々の關係の範疇を抽象したるものが言語の形をとれるものなりとす。

もの觀念語と關係語との區別は[illegible]の上より來れるにあらずして、言語文章を構成する上に及ぼす論理作用の異同より來れるものなりとす。この場合の差別は三の點に於いて著しく認めらる。まづ觀念語はすべて時としてその一の語のみにても一の思想を發表し得る性質を有すれども、關係語にはその性質の無きことなり。たとへば「犬」と叫ぶ時に、それは「犬が來た」「氣を附けよ」といふ如き意味の發表となり、又「來た」といへば、かねて豫期したりし人若くは物の出現したる場合などにその意味の發表となり、又「さあ」といへば、他人の注意を喚起して、そこにあらはれたる事をさとらしむる用をなす意味の發表をなすものにして、これらの場合の「犬」「來た」「さあ」といふは一の語にして、同時に一の思想をその一語にて發表したるものなり。而してその「犬」は體言「來た」は用言「さあ」は副詞たるなり。かくの如く觀念語は必要に應じて一の語を以て一の思想を發表し得る性質を有す。然るに關係語たる助詞にはこの性質全く缺如せり。觀念語と關係語たる助詞との區別はかくの如き文法上の重要なる特色の上に存するものにして、たゞ觀念が具象的に認めらるゝか否かといふ如き淺薄なる點に存するものにあらず。次には二者が助くるものと助けらるゝものとの關係に立ちてあることなり。即ち一は他を助くるを職能とする性質のものにして、他はそれらに助けらるゝ性質のも

第五章　語の類別　八五

日本文法学概論

これに対して、時枝の『国語学原論』では、次のように丁寧に反論している。

山田博士が単語を定義されて、文章の直接の材料となるもの、或は文章の第一次の分解によりて生じたる要素、或は総合的見地によるものなどといはれたことには、言語の主体的意識に基いて単語の単複を認定されようとした意図は推測されるのではあるが、しかも観察的立場のみに終始して、単に第一次第二次といふ様な分析の段階として考へられた処に混乱を脱することが出来なかった理由があるのではないかと想像するのである。以上の様に、単語に於ける単純語と複合語との認定の根拠を、言語の主体的意識に求めるといふことになれば、或る語を、主体を離れてその単複を決定することは不可能な訳であって、古代語に於いては、古代人の主体的意識に還元することによってのみこれを決定することが出来る。「なべ」「をけ」は、古代語としては複合語であったものが、現代語としては単純語となったといふことになるのである。同様に、「ひのき」は古くは複合語であつたものが今日に於いては単純語となったので、その点「まつのき」が今日に於いても複合語であるのと相違する。若し主体的意識を除外して、単に観察的立場にのみ立つならば、右の様な区別は不可能となるのである。か様に見て来るならば、文に於ける単位を意味する単語は、主体的意識に基くものであると同時に、それは文の中の単位的要素として意識されたものであるが、複合語は、単位語としての単語の内部構成の単複の意識に基くものである。故に複合語に対立するものは単純語であって、複合語と単純語とを一括して単位語としての単語の意識が成立するのである。従来の単語論は、専ら観察的立場による分解によって単位語を定義しようとした為に、単位語と単純語との区別が困難になり、同時に複合語を認める立場を失ってしまったのである。因に単純語と複合語との主体的認識は、同じ時代、同じ社会に於いては、ほゞ共通的なものであることは、言語の社会性の上からいひ得ることである。(三六一七ページ)

二　山田文法と時枝文法

時枝誠記著『日本文法・口語篇』は、時枝文法を知る上に、最も基本的で最も理解しやすい書と言えよう。この書にも山田文法が十四回も引用してある。この順序を追って、山田の論述・時枝の論述それぞれの展開を見てみたい。

○第一＝文法学とは。

□文法学にしてこれは語の性質運用等を研究する部門なり。（概論・一五－六ページ）

□文法学の本質は記述的の学問にして国語の間に存する理法を探求し、之を説明するに止まるものにして、正不正の規範を論じ美醜の標準を論ずるを目的とするものにあらざるなり。（概論・一六ページ）

文法研究の対象が、言語の要素に関する研究である文学論、音声論、意味論などと異なり、言語自身を一体として、それの大系を問題とし、研究する学問であることが、明かにされたと思ふ（一三－四ページ）、と同意しているが、「一体としての言語が如何なるものか」と疑問視し、「更に言語の本質が何であるかといふことが問はれなければならない」と、さらに論を深めている。

○第二＝言語における単位とは。

□単位とは分解を施すことを前提としたる観念にしてその分解の極限の地位をさすものなり。即ち最早分解を施すを得ざる極度に達したるものにして、その上に分解を施す時はその物の本性又は作用を滅却すべき点に終極の地位をさせり。されば語の単位といふものも、その分解の極度に達し、その上に分解を施す時は語としての本性又は作用を滅却するに至るべき地位に在るものといふべきなり（概論・二九ページ）。

□語といふは思想の発表の材料として見ての名目にして、文といふは思想の発表その事としての名目なり（概論・二〇ページ）。

○

語を質的統一体として見るならば、ここに当然起こらなければならない擬問は、文もまた語と同様に言語における単位ではないかといふことである（二六ページ）。また、時枝は、文法研究において、質的統一体としての単位は、語だけではなく、文も文章も単位であると、強調している。

○第三＝助動詞について。

山田博士の『日本文法論』『日本文法学概論』は、助動詞といふ名称は用ゐられなかったが、むしろ積極的に動詞の語尾として、動詞内部の構成部分のやうに取扱はれて、これを複語尾と名付けられた。助動詞が助詞と全く異質なものとして考へられたことは同じである（三三ページ）。○

助動詞の真義を古来のてにをは研究の中に求めて、時枝はこれを辞の一類としたのであるから、助動詞の名称そのものが、既に内容の実際を示さないことになる。しかし、長い間の習慣を尊重して暫く助動詞の名称を存置することとしたとさらに述べている。

○第四＝語とは。

□文法研究の直接の対象は言語にありといふ、その研究の基礎とすべきは言語の如何なる部分なるかといふことなり。これにつきては普通には単語を以て研究の基礎とするといはるゝが、しかも近時は往々文法研究の唯一の具体的単位は文なりと主張せるものありて、これらの論者は世に語といふものは後に文より抽出したるものなりと説くなり。この説は頗る勢力あるやうになれりと見ゆ。この二様の見解はいづれを正しとすべきか。先づこれを決せざるべからざるなり（概論・一九－二〇ページ）。

□語といふは思想の発表の材料として見ての名目にして、文といふは思想その事としての名目なり（概論・二〇ページ）。

この考方は、材料とその運用の関係に於いて、語と文との相違を見ようとしたもので、ソシュールが「ラング」と「パロル」の二を対立させたのと極めて近いということが出来るであらう。言語過程観に従ふならば、語は思想表現の材料ではなく、語それ自身、思想の表現と見なければならない。問題は、同じく思想の表現である文と、統一体としての単位の性質にどのやうな相違があるかということでなければならない（四五―四六ページ）。

○

さらに、語が、言語の分析或いは帰納的操作の結論でないことは、従来の文法書が、極めて無造作に語論から出発していることからも云われることであると、時枝は論を付加している。

○第五＝詞と辞について。

□一切の単語は之を同の方面より見ればそが単語たるに於いて一致す。然れども吾人は其の中に異を求めてこれを分類せざるべからず。かくて、これを独立の観念の有無によりて区別すれば、一定の明かなる具象的観念を有し、その語一個にて場合によりて一の思想をあらはし得るものと然らざるものとあり。一は所謂観念語にして他は独立の具象的観念を有せざるものなり。この一語にて一の思想をあらはすことの絶対的に不可能なるものはかの弖尓乎波の類にして専ら観念語を助けてそれらにつきての関係を示すものなり。この関係を示す語と、それら関係語によりて助けらるる語との区別はかの具象的観念を単独に有するものと有せぬものとの区別に該当す。この故に、先づ単語を大別して観念語と関係語との二とす（概論・八四ページ）。

語の根本的性格を、表現過程に求めた言語過程観は、語の類別の根拠をも、当然その過程的構造形式に求めるのである。一切の語について、その思想の表現過程を検するのに、次のような二つの重要な相違を見出すことが出来る。

一　概念過程を含む形式
二　概念過程を含まぬ形式

（六〇ページ）

語に次元を異にした詞と辞の区別の存在ることとは、日本語特有の現象ではなく、凡そ言語といはれるものには、通有の事実と考へられるのであるが、日本語に於いて、この区別が、既に古く西紀第十三世紀頃に学者の注目するところとなってゐたといふことは、日本語が、このやうな理論を導き出すに都合のよい構造をなしてゐたといふことが主要な原因であったといへるのである。即ち、ヨーロッパの言語においては、詞的表現と辞的表現とが、しばしば合体して一語として表現されるのに対して、日本語に於いては、この両者が多くの場合に別々の語として表現されてゐるために他ならないのである。例へば、ラテン語においては、国語における格を表はす辞が、詞の中に融合して、語の変化といふ形式によって表はされてゐる如きがそれである。ラテン語における一語は、云はば国語における詞と辞の合体したものに相当するものであると云へるのである（六四–五ページ）と、時枝は歴史的に世界の言語に注目して、自己の言語過程観を定着させている。

○

なお、この詞と辞について、理解のほどを次に述べてみたい。

「詞」とは概念化する過程を経て表現される語であり、「辞」とは概念化する過程を経ないで表現される語である。さらに「詞」の持っている性質を見てみると、⑴表現される事柄を、客体的に、一般的な概念として表現する。⑵話し手に対立する客体化の表現である。⑶常に「辞」と結合して具体的な表現となると考えられる。一方、「辞」の持っている性質を見てみると、⑴表現される事柄に対する話し手の立場をそのまま直接的に表現する。⑵話し手の判断・意志・感情・情緒・欲求など、常に話し手に関する事だけしか表現できない。⑶「辞」の表現には、必ず「詞」の表現が予想される。

○第六・第七＝体言という名称について。

□体言は概念をあらはす語にして談話文章の骨子となるものなり。この体言といふことは本邦古来の分類に於いて用ゐ来れる名目なるが、これはある概念をあらはす語といふ意味にして活用せぬ語といふ意義を以て名づけたるものにあらず（概論・九七ページ）。

体用の名称は、その起源的意味に於いては、確かに、実体と作用の意味に用ゐられたものであらうが、それだからとて、国語学上に於ける体用の名称を、その起源的意味に解するのが正しいとは云へないのである（六七ページ）。東条義門の如きは、語を先づ二大別し、体言の中に、活用のない辞、即ち今日云ふ助詞をも所属させ、用言の中に、活用のある辞、即ち助動詞をも所属させてゐるが、この分類法は、それまでの詞と辞の二大別に対して、活用するかしないかといふことを第一分類基準として特に強調したものと見ることが出来るのである（六八ページ）。

○第八・第九＝形式体言と形式用言について。

□一は内容の一定せる概念をあらはす語にして、これを実質体言といふべく、一はその語の示す特定の意義の存するは勿論ながら、これに対する一定の実質のなきものにしてこれを形式体言といふべきなり（概論・一〇三－四ページ）。

形式体言として、数詞と代名詞とが挙げられる。

□実質用言とは陳述の力と共に何らかの具体的の属性観念の同時にあらはされたる用言にして、形式用言とは陳述の力を有することは勿論なるが、実質の甚しく欠乏してその示す属性の意味甚だ希薄にして、ただその形式をいふに止まり、その最も抽象的なるものはただ存在をいふに止まり、進んでは単に陳述の力のみをあらはすに止まるものなり（概論・一八九ページ）。

時枝文法では、形式用言というものを特立せず、動詞の中で、概念内容の極めて希薄にして、従ってそれには常に何等かの補足する語を必要とするやうな動詞を形式動詞として述べようと思ふ（九四ページ）。

○

形式動詞の例としては、
・花が咲いてゐる。川が流れてゐる。
・暖かくしてお出かけなさい。・見もしないで、あんなことを言う。
・びくびくする。・ぬらぬらする。
・それが駄目だとすれば、かうやって見よう。・何としてもそれはまずい。
・君にしては、上出来だった。
・月清くして、風涼し。

・水がぬるくなる。・あの方もおいでになる。・私は実業家になる。
・気が楽になる。
・お読みなさる。・はらはらなさる。・御出席なさる。
・おねがひいたす。・承知いたす。

○第一〇＝接尾語について。

□接尾語（山田は「接尾辞」と言っている）を分けて、意義を添ふるものと、一定の資格を与ふるものとし、後者に於いて、更にこれを四に分け、名詞の資格を与ふるもの、形容詞の資格を与ふるもの、動詞の資格を与ふるもの、副詞の資格を与ふるもの、四種存する（概論・五八六ページ）。

接尾語は、意味（概念内容）を加えると共に、それの付いて出来た複合語の品詞を決定する。その接尾語の形によって、体言的接尾語と用言的接尾語とに分けられる。この二者の例を示してみよう（一五六－九ページ）。

・体言的接尾語＝書き方。高さ。君たち。深み。継ぎ目。電化。世界観。

・用言的接尾語＝寒がる。際だつ。山なす。黄ばむ。学者ぶる。春めく。

○第一一＝接続詞について。

接続詞は、どのやうにして、二の思想を結ぶのであらうか。

　雨が止んだ。それで鳥が鳴き出した。

右の接続詞を伴ふ表現は、その意味に於いて、

　雨が止んで、鳥が鳴き出した。

と同じである。そして、「雨が止んで」を一般に、副詞的（或は連用）修飾節と呼んでゐる。何となれば、「雨が止む」といふ事実は、「鳥が鳴き出す」といふ事実の無条件になってゐると考へられるからである。今もしこの二の思想を、接続詞を以て結び、かつ「それで」といふ語に、先行文の思想が含まれてゐるものと解することが出来るとするならば、「それで」は副詞、或は副詞的修飾語と認めて差支へないことになる。山田博士の主張される接続副詞の考方はこのやうにして生まれて来たものと考えへられるのである（一七一ページ）。

今もし、「それで」が辞であるとするならば、それはただ思想の転換することを直接的に表現したのであって、「それで」自身が何等かの格に立つというように考えることが出来ないのである（一七一―二ページ）。

○第一二＝感動詞について。

ああ、面白い本だ。

に於いて「面白い本だ。」といふ表現は、「ああ」といふ感動の言語的分析になってゐるのである。感動詞とそれに続く文との間には、以上のやうな密接な連関があるので、感動詞は、文法上では一文をなすが、句読法の上では点（、）を以て続けることが多い。従って、山田博士は、感動詞を感動の副詞として副詞の中に所属させて居られる。しかし、感動詞を後続文の修飾語と見ることに甚しく無理があると考えられる。感動詞は、感動と応答の音声的表現であるが、それならば、一切の感動、応答の表現、例へば、溜息のやうなものも感動詞であるかと云ふに、感動詞が言語であると云はれるには、やはりそこに社会慣習的な形式を持つ必要がある。或る個人が驚いた時に、「ケー」と叫んだとしても、それは単なる叫声であって感動詞と云はれないことは、個人が勝手に線を組合せて備忘の用にしたとしても文字と云ふことの出来ないのと同じである（一八〇ページ）。

○第一三＝過去及び完了の助動詞について。

をみなへしうしろめたくも見ゆるかなあれたる宿にひとり立てれば（古今・秋上）

右のやうな例は、「荒れてゐる」の意味であるから、詞と見るべきものである。このやうな「てあり」の「あり」が、次第に辞に転成して用ゐられるやうになると、存在、状態の表現から、事柄に対する話手の確認判断を表すやうになる。過去及完了の助動詞と云はれるものはそれである。過去及完了と云へば、客観的な事柄の状態の表現のやうに受取られるが、この助動詞の本質は右のやうな話手の立場の表現であるが、従来の習慣に従って過去及び完了の語を用ゐることとした。山田孝雄博士が、回想及び確認といふ語を用ゐて居らけるのは以上のやうな理由に基づくのであらう（一九八―九ページ）。

○

き・けり（文語・過去）つ・ぬ・たり・り（文語・完了）た（口語・過去及び完了）文語の「き」「けり」は事柄の回想、「つ」「ぬ」は事柄の確認、「たり」「り」は事柄の存続の判断を表す。その各々の語にはまた独特のニュアンスがあって、「き」はタ、「けり」はタトサ・ダッタヨ、「つ」はテシマウ、「ぬ」は（ソウナッ）

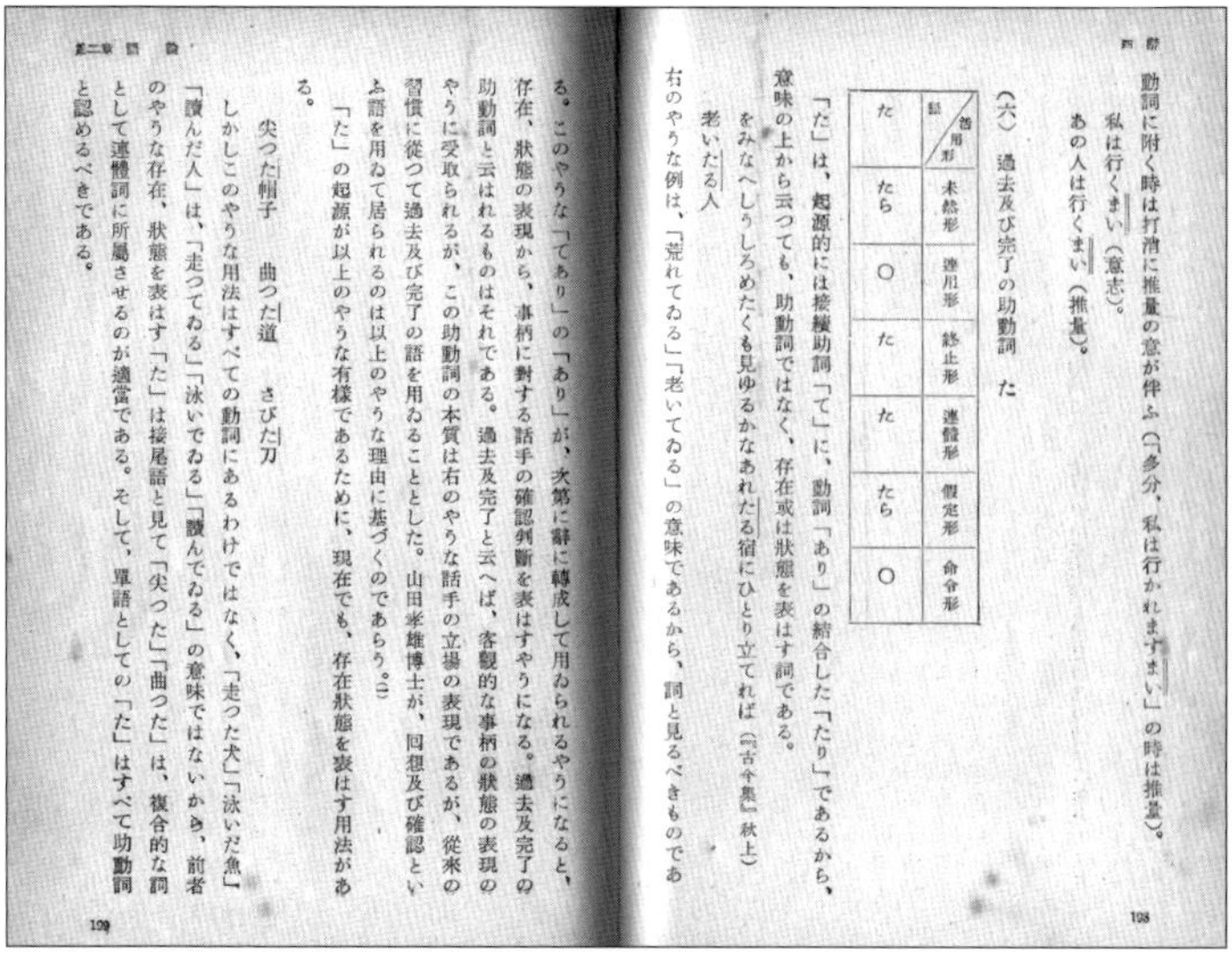

動詞に附く時は打消に推量の意が伴ふ（「多分、私は行かれますまい」の時は推量）。

私は行くまい（意志）。

あの人は行くまい（推量）。

（六）過去及び完了の助動詞　た

語＼活用形	未然形	連用形	終止形	連體形	假定形	命令形
た	たら	○	た	た	たら	○

「た」は、起源的には接續助詞「て」に、動詞「あり」の結合した「たり」であるから、意味の上から云つても、助動詞ではなく、存在或は狀態を表はす詞である。

をみなへしうしろめたくも見ゆるかなあれたる宿にひとり立てれば（『古今集』秋上）

老いたる人

右のやうな例は、「荒れてゐる」「老いてゐる」の意味であるから、詞と見るべきものであ

る。このやうな「てあり」の「あり」が、次第に辭に轉成して用ゐられるやうになると、存在、狀態の表現から、事柄に對する話手の確認判斷を表はすやうになる。過去及完了の助動詞と云はれるものはそれである。過去及完了と云へば、客觀的な事柄の狀態の表現のやうに受取られるが、この助動詞の本質は右のやうな話手の立場の表現であるが、從來の習慣に從つて過去及び完了の語を用ゐることとした。山田孝雄博士が、回想及び確認といふ語を用ゐて居られるのは以上のやうな理由に基づくのであらう。(二)

「た」の起源が以上のやうな有樣であるために、現在でも、存在狀態を表はす用法がある。

尖つた帽子　曲つた道　さびた刀

しかしこのやうな用法はすべての動詞にあるわけではなく、「走つた犬」「泳いだ魚」「讀んだ人」は、「走つてゐる」「泳いでゐる」「讀んでゐる」の意味ではないから、前者のやうな存在、狀態を表はす「た」は接尾語と見て「尖つた」「曲つた」は、複合的な詞として連體詞に所屬させるのが適當である。そして、單語としての「た」はすべて助動詞と認めるべきである。

日本文法口語篇

テシマウ、「たり」はテイル、「り」はツツアルをその代表的意味としている。この全部を口語では「た」一つの用法に吸収した。「き」「けり」は過去、「つ」「ぬ」「たり」「り」は完了と称されるが、それは、ある一つの動作現象が、実際に過去にあったとか完了しているとかの状態をいうのではなくて、その事柄に対する話し手の立場を表現するものといえよう。口語の「た」の意味であるが、存続する事柄に対する話し手の確認判断・回想を表すということになる。過去及び完了といっても、客観的な事柄が過去に属し、完了しているというのではなくて、話し手の立場の表現として確認あるいは回想であることは文語と同じである。

藤井貞和氏の考察をここに挙げてみたい。

「き」について見ると、過去をあらわすというよりは「回想」－「過去事にありし出来事を心内に回想したる」回想作用－の複語尾。「けり」は「き」と、「あり」との熟合で、現実を基本として回想を起こす、つまり「過去を回想して断定を今に下す」と。「けり」は「不確実に想像的に回想する」。つまりは〈過去、現在、未来〉というような、時間の三分割が山田の立場から否定され、われわれの主観から選択される言語的決定としてのみ、〈過去、現在、未来〉はあることになる。そのような立脚点主義を時制の認識と見てよければ、山田は近代的な認識として時制をここに〈発見〉したことになるのだ。

しかし山田がここで時制という語を使っているわけではない。たいした発見というよりは、素朴に信じられていた近代人としての知覚から捉えられる時間意識（＝時制）だ。過去はと言うと、一度は現実として知覚され、印象となる。未来は非現実で、知覚されない。現在というのは思想の直接表象で、回想しない。そのように整序される。立脚点である〈現在〉から発想の触手を伸ばしてゆく時制の考え方は、近代主義の所産だろうとまず見て取れる（註）。時枝文法の創始者、時枝誠記もまた陳述という考え方を積極的に取り入れた人で、やはり時制という語を使っている形跡がない。

（註）山田孝雄が「回想」というのは、〈認識する主体〉においてなされることだから、時枝文法の先駆的形態と言える。山田の〈認識する主体〉

じたいを捉え返し、現象学的考察の中核に置くところに、時枝誠記の画期的国語学が出てくるという見通しである。

○

それにしても、時枝をほめ過ぎないだろうか。「画期的」国語学は山田の「先駆的」考えが基になっているものと思われるが、いかがなものであろうか。

○第一四＝用言における陳述の表現について。

□用言とは陳述の力の寓せられてある語にして多くの場合に事物の属性を同時にあらはせり。用言は、体言と相待ちて句の組立の骨子となるものにして、体言に対して何等かの説明をして陳述をなす要素なり。用言の定義を簡易にいへば、

事物の説明をなすに用ゐる単語なり。

といふことをうべし。この説明をなすといふことはこれ人間の思想の統一作用をあらはすことを主とし、又それと同時に事物の属性観念をもあらはして

あることをも含めるなり（概論・一四三－四ページ）。

犬が走る。

気候が暖い。

陳述は確かに「走る」「暖い」という用言に累加され、含まれて居るやうに見える。しかしながら、主体的表現である辞は、常に客観的表現である詞とは別の語によって表現され、かつそれは客体的なものを包み、統一する関係にあるという国語の一般原則に立つならば、陳述は次のやうな零記号に於いて表現されてゐると見ることが出来るのである。

犬が走る	■

気候が暖い	■

右のような説明法は、「故郷の山よ」という表現に於いて、感動を表はす「よ」が表現されず、「故郷の山！」と表現された場合、これを

として図解説明するのと同じである（二五七ー八ページ）。

用言に零記号の陳述を想定することは、以上のような述語的陳述に於いてばかりでなく、修飾的陳述に於いても同様である。

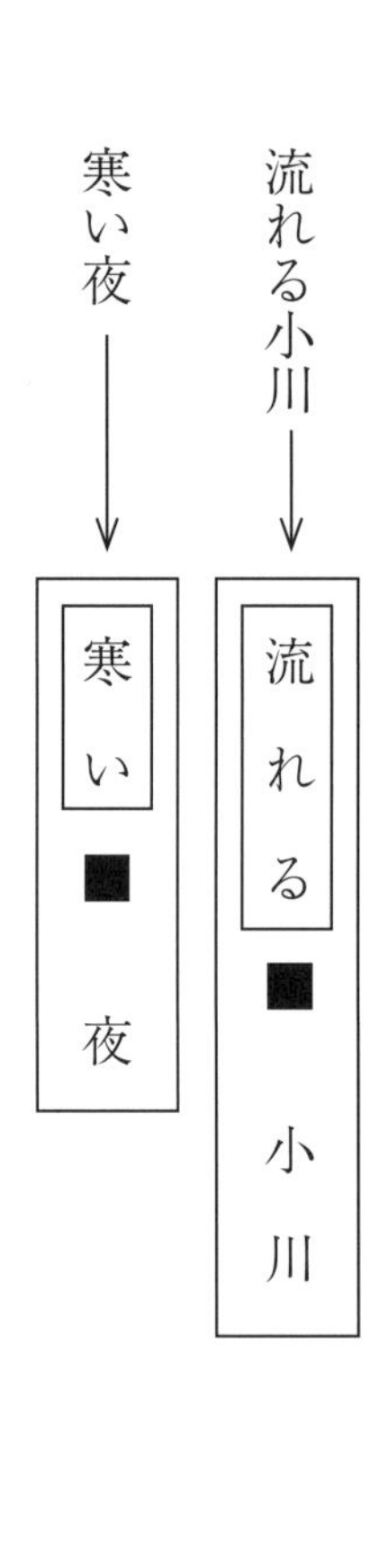

右の用言「流れる」「寒い」は、それぞれ「小川」「夜」の間に零記号の修飾的陳述が介在していると見なければならない。

さらさら■流れる■小川

ひどく■寒い■夜

修飾的陳述は、「さらさら流れる」「ひどく寒い」を統一して、下の体言を修飾するものである（二五九－六〇ページ）。

○

以上の時枝の論によれば、句は、詞と辞との結合体、詞を辞で包んだものだとみなし、この関係は次のような構造としてとらえられる。

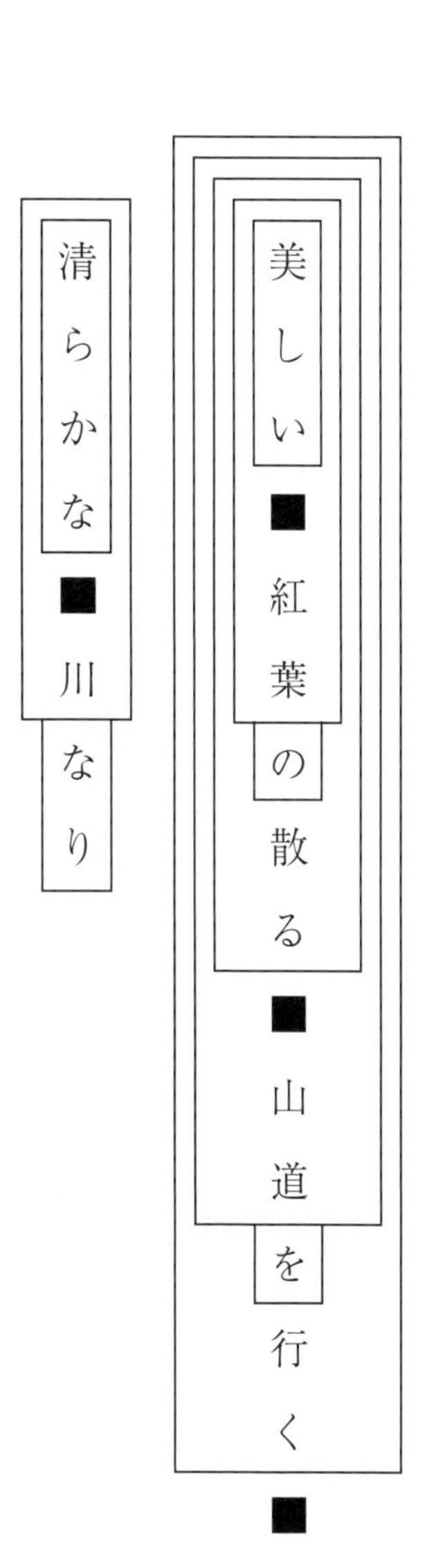

これらは、辞の部分で、次々と大きく包んでいったもので、比喩的に入子型の構造と名付けられている。

○

以上十四の項目に関する文法の説明は、時枝誠記著『日本文法・口語篇』に依ったものである。□印の文は山田文法に従った説明であり、それは主に山田孝雄の『日本文法学概論』に基づいて論述されている。なお、それ以外の主だった説明は『日本文法・口語篇』に基づいた論述である。これらの説明・論述を見渡してみた場合、時枝文法は、山田文法をただ論破して生まれたものではなく、山田文法を根幹として新しい文法を樹立しようと懸命になって生み出されたのが時枝文法であると、理解したいものである。

三　言語表現の三つの形態から

一般に、言語表現は、話し手・聞き手・事柄・言語そしてこれらを取り巻く場面によって成立する。文法的にみれば、話し手を動作主体、事柄を動作対象ともみなされる。これらの配置具合によって、言語表現の基本形態が決まってくる。つまり、動作主体を主語、動作対象を対象語で表す表現形態を能動相、動作対象を主語、動作主体を対象語で表す表現形態を受動相（所相・受身相とも）、第三者である指示語や許可者を主語、動作主体を対象語で表す表現形態を使役相という。以上の三種の表現形態が言語表現の基本形態である。

・能動相　太郎が　次郎を　呼ぶ。
・受動相　次郎が　太郎に　呼ばれる。
・使役相　花子が　太郎に　次郎を　呼ばせる。

		一		二		三
・能動相・呼ぶ	―	ぶ。①	―呼ば―	①	―	ない。
・受動相・呼ば	―	れる。	―呼ば―	れ	―	ない。
・使役相・呼ば	―	せる。	―呼ば―	せ	―	ない。

(1)①は零記号。
(2)一・二の空欄には、状態性・発動性の複語尾が入る。
(3)三の空欄には、統覚の運用を助ける複語尾が入る。

山田文法では、助動詞を特立した一単語と認めず、用言の「複語尾」とみなしている。まず、その複語尾の定義を見てみたい。

複語尾は用言の語尾の複雑に発達せるものにして、形体上用言の一部分と見るべきものにして、いつも用言の或る活用形に密着して離れず、中間に他の語を容るゝことを許さず常に連続せる一体をなすものなり（概論・二九六ページ）。

□複語尾を其の示す性質によりて分類すれば左の二大別を生ず。

一、属性の作用を助くる複語尾。

二、統覚の運用を助くる複語尾。

動詞の有せる属性は其の主者によりて直接に行はるるものと主者が現に直接に行ひをるものにあらぬものとの二種の区別を生ずべし。其の主者によりて直接に行はるゝものは本源的語尾を用ゐるものにして、その間接に行はるゝものは複語尾を付属せしめてあらはすなり。この故に属性の作用を助くる複語尾は直に、間接作用をあらはすものといふを得べし。

間接作用の中に亦二種の別をなすべきなり。一は状態性間接作用にして、一は発動性間接作用なり（文法論・三六七－八ページ）。

□状態性間接作用とは文の主者が其の作用の主者ならずして対者ありて其者が其作用の主者として文の主者に作用を与へをる場合又は文の主者は其作用に対して主者たれども其の作用は現に行はるゝにあらずして唯行はるべき地位に立てるを示す。共に直接に行はれず、間接なり。而して又共に主者其者の状態を示す傾向強し。この故に状態性といふなり。

発動性間接作用とは文主其者が間接ながらも其の作用を起すべき主因となりて然も直接に自ら作用を営まず、他の対者によりて営まるゝことを示すをいふ。之を状態性のに比するに、かれは其作用の営為を現になすにあらずして営為をうけたる状態営為をなし得る状態を示せるに、これはたとへ間接にまれ、其の作用は活動的に営まるべき位地に立てり。これ其の別なり（文法論・三六七－八ページ）。

○ 状態性間接作用「れる」「られる」

属性のあり方に関するもの

発動性間接作用「せる」「させる」「しめる」

複語尾

先に示した受動相「呼ばれる」の「れる」が状態性間接作用の複語尾であり、使役相「呼ばせる」の「せる」が発動性間接作用の複語尾である。なお、能動相の「呼ぶ。」は、「れる」や「せる」と横並びのものが存しない。それに相当するものとして、時枝文法の零記号が考えられる。したがって、「相（態）」を構築する基となっているものは「零記号」「れる・られる」「せる・させる・しめる」であることがどうにか理解することができた。しかし、残りの助動詞つまり複語尾はどのように捉えたらよいのだろうか。あれこれ探り考えてみたのが、次の図示である。

その他の助動詞（口語）、つまり「統覚の運用を助くる複語尾」については、次のように分類してみた。

一　希望を表すもの――――「たい」「たがる」

二　回想を表すもの――――「た」

三　推量を表すもの――――「らしい」「う」「よう」「まい」

四　非現実性の思想を表すもの―「ない」「ぬ（ん）」「ようだ」「みたいだ」

五　陳述を確かめるもの――「だ」「です」「そうだ」「そうです」

なお、これらの口語の「複語尾」の文語体が、次の図表である。

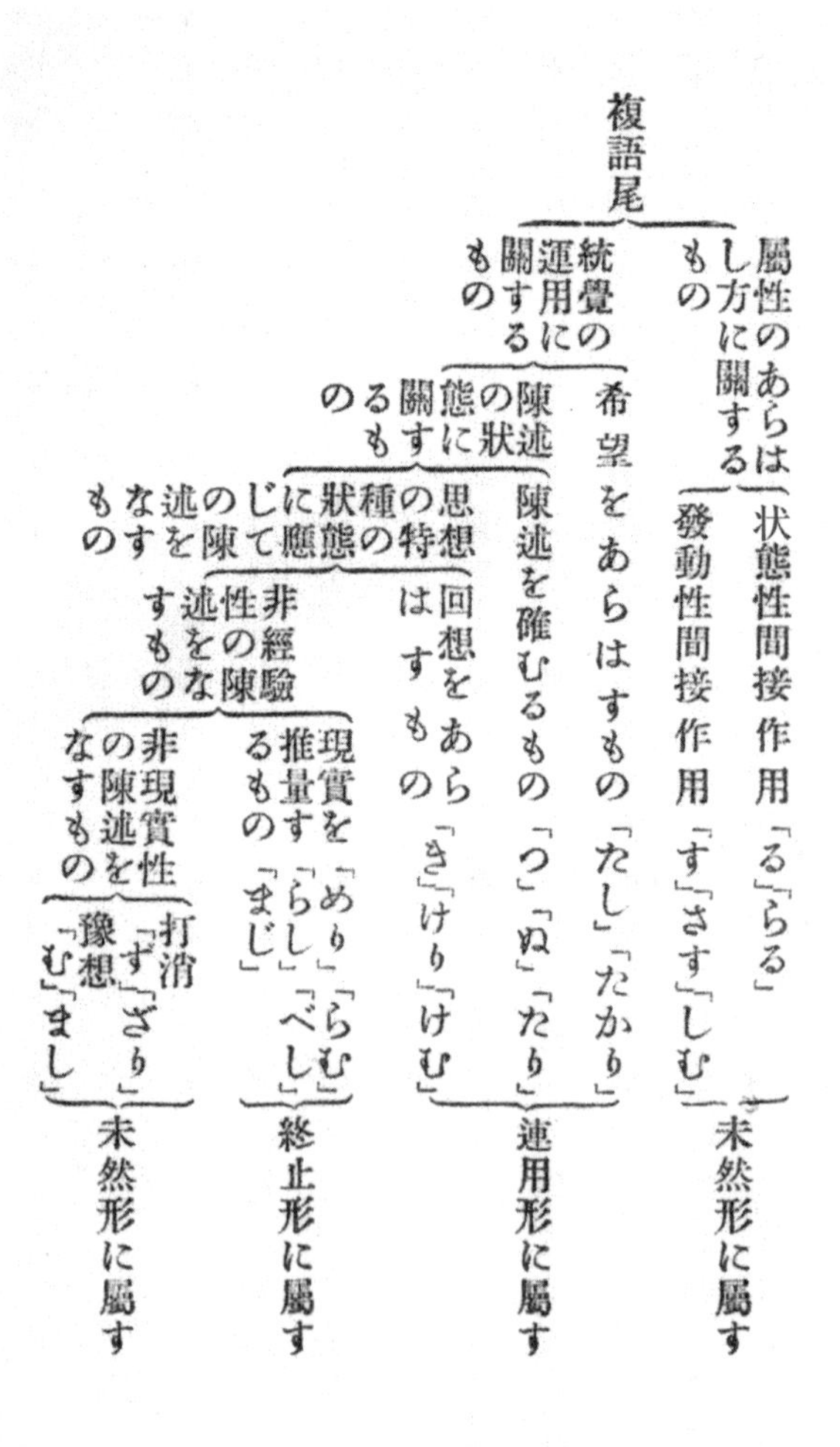

『日本文法学概論』

○

まだまだ自分の考えの及ばないところが多々あるだろう。例えば、山田文法によく登場する「述格」「賓格」「陳述」「統覚」などの用語は、その基礎的知識としてもっと深くかつ確実に把握したいものである。終わりにこんな図式を挙げて、山田文法の理解を一歩なりとも前進したいものである。

●『日本文法学概論』　●『日本文法・口語篇』（二七一ページ）

述格……………………陳述と述語格とに分れる

賓客……………………述語格

補格……………………客語、補語等の修飾語格

【主な参考文献】

○山田孝雄『日本文法論・全』（明治四十一年・宝文館）
○山田孝雄『日本文法講義』（大正十一年・宝文館）
○山田孝雄『日本文法学概論』（昭和十一年・宝文館）
○時枝誠記『国語学原論』（昭和十六年・岩波書店）
○時枝誠記『日本文法・口語篇』（昭和二十五年・岩波書店）
○山田孝雄『日本文法学要論』（昭和二十五年・角川書店）
○時枝誠記『日本文法・文語篇』（昭和二十九年・岩波書店）
○湯沢幸吉郎『文語文法詳説』（昭和三十四年・右文書院）
○山崎良幸『古典語の文法』（昭和四十一年・武蔵野書院）
○講座・日本語の文法・時枝誠記監修『1文法論の展開・2文法の体系・3品詞各論・4文法指導の方法』（昭和四十三年・明治書院）
○岩波講座『日本語1・日本語6・日本語7』（昭和五十一年・岩波書店）
○湯沢幸吉郎『口語法精説』（昭和五十二年・明治書院）
○国語学会『国語学大辞典』（昭和五十五年・東京堂出版）
○山口明穂・秋本守英『日本語文法大辞典』（平成十三年・明治書院）
○藤井貞和『日本語と時間―〈時の文法〉をたどる』（平成二十二年・岩波新書）
○斉木美知世・鷲尾龍一『日本文法の系譜学』（平成二十四年・開拓社）

どうにか書き上げた。しかし、決して書き上げたとは言えず、不十分なところがあちこちに目立ってならないのである。

さて、『谷崎源氏』では、削除の箇所をあらためて見直してみた。源氏の若かりし頃の不倫は全面的に削除の憂き目に遇ったが（相手の藤壺は中宮であるから当然のこと。）、晩年の不倫される源氏の憂き目は削除されず（女三の宮は臣下の妻であるから。）、全面的に訳してあった。例の訳出する際の三ヶ条には該当しなく、源氏も柏木も臣下の身にすぎないからであろう。

『若紫』の巻	『若菜下』の巻
桐壺帝（源氏の父君）	源氏（四十七歳）
藤壺（先帝の姫君・二十三歳）	女三の宮（兄朱雀院の姫君・二十一歳）
源氏（十八歳）	柏木（三十一歳）
冷泉帝（不義の子）	薫（不義の子）

柏木は、源氏の強いいじめには参ってしまい、自律神経失調症で三十三歳にし

てこの世を去った。柏木と源氏の若い妻との不義密通、現代の小説にも適したテーマであると思うのであるが。

次に、『山田文法』であるが、昭和三十年代前半の大学時代に時枝文法が世にもてはやされ、それが山田文法と真っ向から対立する新しい文法論という評判が立っていた。早速に『国語学原論』と『日本文法口語篇』とを購入して読んでみた。なるほどと思い、そのままで終わりにした。その後も、山田文法も時枝文法も高等学校では取り上げられていなかったので、すっかり忘れたものになってしまった。

退職後、ふと手にしたのが『日本文法口語篇』であった。読み進めていくうちに、時枝文法は山田文法の否定から出発などはしていなく、とにもかくにも山田文法を踏まえて時枝文法が成り立っているとあらためて知った。その一面を著したのがこの『山田文法』である。

ところで、『連歌青葉集』に最初に出てくる百韻連歌「賦花何連歌（はなのなにをふするれんが）」の発句は次の通りである。

冬きてもみさをの色の青葉山

孤高の士としての先生の高雅な姿が感得されてならない立句である。この句は、昭和七年十一月前後に作られた。一年後、先生は、昭和八年九月に、東北大学を退かれた。六十歳の定年退職までまだ二年もあり、大学は極力引き留めたが、先生は決して同意されなかった。実は、先生は明治八年八月二十日生まれであるが、故あって免許取得も就職関係も明治六年五月十日生まれとして処理して来られたからであろうか。

先生は富山県尋常中学校（現富山県立富山高等学校）四回生、第六十六回卒業生の私がこの偉大な先輩の偉大な研究の数々を学ぶ幸せにめぐり合ったことに感謝するばかりである。これからも頭が働く限り学びを続けるつもりである。

今回も、三武義彦社長は、筆の遅い私を何度も励まして待ち続けられ、懇切な数々の助言をくださった。ここに衷心より感謝するものである。

令和三年三月三十一日

著者

（追記）本文に掲載させていただいた写真は、新潮日本文学アルバム（新潮社）ならびに国語学史（岩波書店）からのものである。ここに記して謝意を表するものである。

富山市立図書館

山田孝雄文庫に収蔵されている数多くの「洋装本」「和装本」「著作」

洋装本

和書8,754余点、洋書167余点、雑誌445余誌、著作は手校本を含め840余点からなる。特に国文学、国語学、神道関係の図書が多い。

和装本

写本1,400余点、刊本4,600余点、唐本130余点、複製本600余点からなり、博士自筆写本や、連歌・俳諧関係の古写本には異色のものがある。

著　作

『日本文法論』『奈良朝文法史』『平安朝文法史』『平家物語の語法』『俳諧文法概論』ほか、総じて2万余頁にものぼる著作。

著者略歴

神島達郎（かみしま たつろう）

昭和10年（1935）富山県生まれ。昭和29年（1954）3月富山県立富山高等学校卒業。昭和34年（1959）3月東京教育大学文学部卒業。同年4月から昭和57年（1982）3月まで県立高等学校教諭。同年4月から昭和62年（1987）3月まで県教育機関勤務。同年4月から平成8年（1996）3月まで県立高等学校教頭・校長。同年4月から平成8年（1996）3月まで富山県総合教育センター所長。

○右文書院関係
- ・教材の扱い方と実践授業の展開「芥川龍之介『鼻』（教え方双書・小説の教え方所収・昭和43年）
- ・教材の扱い方と実践授業の展開「源氏物語『八月十五夜』」（教え方双書・古典の教え方・物語・小説編所収・昭和47年）
- ・教材の扱い方と実践授業の展開「過去の助動詞『き・けり』の指導法」（教え方双書・文語文法の教え方所収・昭和52年）
- ・『山田孝雄』（平成31年・右文書院）

○学事出版関係
- ・思索をうながす読みの学習指導の展開「原佑『人生について』」（高校教科指導全書・現代国語所収・昭和49年）

○有精堂関係
- ・高等学校国語科教育研究講座「庄野潤三『ピアノの上』」（第四巻・小説Ⅱ所収・昭和50年）

○東京法令出版関係
- ・指導法講座「教師自らもっと辞書の活用を」（月刊国語教育7月号所収・昭和61年）
- ・指導法講座「教師自らもっと音読を」（月刊国語教育8月号所収・昭和61年）
- ・指導法講座「教師自らもっと板書の工夫を」（月刊国語教育9月号所収・昭和61年）

山田孝雄と谷崎潤一郎

令和三年五月一一日　印刷
令和三年五月一八日　発行

著者　神島達郎
装幀　鬼武健太郎
発行者　三武義彦
印刷・製本　㈱文化印刷
岩手県宮古市松山五―一三―六

〒101-0062　東京都千代田区神田駿河台一―五―六
発行所　株式会社　右文書院
振替　〇〇一二〇-六-一〇九八三八
電話　〇三（三二九二）〇四六〇
FAX　〇三（三二九二）〇四二四

ISBN978-4-8421-0814-8　C0081

（用紙）大ラフ淡クリームせんだい54kg